JN008491

婚約破棄された不遇令嬢ですが、
イケオジ辺境伯と幸せになります！

登場人物紹介
アレクサンドロ・
コルネリア
コルネリア辺境伯領の領主。
腕っぷしは強いが、
穏やかで優しい性格。
嫁いできたクラウディアに
好意を抱いているが、
とある事情から一線を引いている。
クラウディア・
エクスタイン
エクスタイン公爵家の令嬢。
王太子ライネルに婚約破棄され、
さらに嫌がらせでアレクサンドロと
婚姻することになった。
気は強いが、少々お茶目。

ブリリアント
バークレイ
男爵家の令嬢で、
ライネルの恋人。
ライネル
自尊心が高く、
自分の気持ちに
忠実な王太子。
サム
アレクサンドロの侍従。
何やら裏の顔が
あるようで……？
セシル
エクスタイン
公爵家の嫡男で、
クラウディアの兄。
リデア
伯爵家の令嬢で、
クラウディアの侍女。

第一話　王太子に婚約破棄された公爵令嬢は辺境伯に嫁ぐ

「いま、何とおっしゃいまして？」

わたくしは公爵令嬢、クラウディア・エクスタイン、十八歳。

わたくしの婚約者は王太子、ライネル・カルネード、十八歳。

王太子さまと結婚なんて、あら素敵。そう思われるかもしれませんが、実際はそう甘いモノでもありません。

「クラウディア！　お前は次期王妃に相応《ふさわ》しくないっ！　婚約破棄だっ！」

長い金髪をなびかせたライネルさまが、国旗や色とりどりの大振りな花で華やかに飾られた壇上で声を荒らげて叫んでいます。

王族らしい整った顔立ちに青い瞳の王太子は見た目が良いです。

声も悪くはありませんが、いかんせん発言内容が良くありません。

金の刺《し》繍《しゅう》が映える白いウエストコートを羽織った姿の見栄えが良いだけに、悪目立ちしております。

ここは王立学園の大広間、今は卒業式典の真っ最中。卒業生が一堂に会する門出の場で、王太子ともあろうお方が婚約破棄を宣言するなど正気の沙汰とは思えません。

しかも式典最後の華である、ダンスタイムに入ろうかというタイミング。華やかな衣装で身を包みソワソワとしていた卒業生たちは、一瞬にして静まりかえってしまいました。

王立学園ですから、生徒といっても貴族の子息や令嬢など身分の高い者ばかり。

そのような方々の記念すべき晴れの舞台を私心で邪魔するなど、王族の信用に関わります。

国王王妃両陛下が公務により欠席され、ライネルさまは卒業生の一人でありながら代理として挨拶を読み上げる予定でした。

なのに。これは一体どういうことなのでしょうか。

聞きたいことはいろいろとありますが、まずはコレを聞かなくてはいけません。

「ライネルさま。どのような理由で、そのような結論に辿《たど》り着かれたのですか？」

わたくしはサッと広げた扇子《せんす》で口元を隠し、首をコテンと右に傾けます。

貴族社会を生き抜くには、それなりの作法と根性が必要です。ストレス軽減のために扇子《せんす》に頼るというのも情けない話ですが、長年の癖になっているので仕方ありません。

本日の扇子《せんす》は卒業という華々しい席に相応《ふさわ》しく、紅白に金ラメの散る艶《あで》やかなものを選びましたの。いかがかしら？　と、聞く前に暴挙に出られた王太子をどうあしらったものか。

わたくしは扇子《せんす》を小さくパタパタと振りながら考えます。

ライネルさまの瞳の青とわたくしの瞳の緑を使った華やかなベルラインのドレスは、卒業式典に合わせてお父さまがあつらえてくれたものです。本来であれば婚約者から贈られたドレスを着るものですが、用意してもらえなかったので仕方ありません。

それでも婚約者の顔を立ててライネルさまの色を使ったというのに、この仕打ち。

しかもライネルさまが愚かな振る舞いに出たのは今日が最初というわけでもありません。最後でもないでしょう。

それにしても今回は内容が大胆すぎます。

「お前はブリリアント・バークレイ男爵令嬢をいじめたそうじゃないか」

「そのような事実はございません」

キッパリと言い切るわたくしに、こちらを指さしてポーズを決めているライネルさまは全身をワナワナと震わせました。

「えーいぃっ、言い訳か!?　この期に及んで見苦しいっ！」

いえ、見苦しいのはライネルさまです。お祝いムード満点の華やかな壇上にいるのに言動が祝いの席とは合っていないライネルさまは残念ながら浮きまくっています。

わたくし、会場を埋める卒業生の皆さまからの視線が痛いです。

静まり返る生徒たちは巻き添えになることを恐れながらも、興味津々といった様子でことの成り行きを見守っています。公爵令嬢として簡単には引けない場面です。

「わたくしたちの婚約、ならびに結婚は政略的なものでしてよ。王太子殿下であっても勝手に破棄できませんわ」

貴族の結婚相手は好いた惚れたで決めるものではありません。政略的なものなのです。

特に王族に関しては比類なき厳しさがあります。

ちょっと可愛い娘がいたから妃《きさき》にしよう、などと、安易に決められるものではないのです。

「王太子殿下の婚約者に相応《ふさわ》しい立場にある年の近い女性は、わたくししかおりません。国内はもちろん、国外に目を向けても釣り合いのとれる女性は他におりません。その辺りの事情もライネルさまはご承知ではございませんか」

わたくし、公爵令嬢ですよ？　貴族社会、ましてや王族ともなれば、後ろ盾含めてナンボのもんの存在なのです。

ですから、わたくしが気に入らないからといって切り捨てて良いわけがありません。

バカなの死ぬの？　と口にするのはさすがに不敬にあたりますので、扇子《せんす》を細かくパタパタ振って耐えます。わたくし、公爵令嬢ですから。

「えぇいっ、うるさいっ！　ブリちゃんから聞いているぞ。お前がどんなひどい仕打ちを彼女にしたかを！」

ブ、ブリちゃん⁉　思わずわたくし、言葉も息も呑みこみました。

ライネルさま、バークレイ男爵令嬢のことをブリちゃんと呼んでいるの⁉　なかなかの衝撃です。

今日一番の驚きといっても過言ではありません。

ブリリアント・バークレイ男爵令嬢とライネルさまの仲が噂になっていることは、わたくしも知っていました。

噂どころか他人の目など気にせず、学園内のアッチでもコッチでもイチャイチャイチャイチャしているのですから、見たくなくても目に入ってしまいます。

わざと見せつけるような真似《まね》をしているから、私の気を引いて構ってほしいのかしら、それとも怒らせて何か行動を起こさせたいのかしら、などと、アレコレと考えこんでしまった時期もありました。

ですが、当人たちには特に深い思惑もない様子です。無邪気すぎてわたくし、かえって戸惑ってしまいました。

ゆえに、わたくしは公爵令嬢として王太子の婚約者として、相応《ふさわ》しい態度をとることに決めたのです。

——バークレイ男爵令嬢のことをまるっと無視いたしましょう。

それが王太子の婚約者たる公爵令嬢のあるべき姿だと思いましたので。

けれど今日こんな形で結実しようとは想像もしていなかったのです。

いや、ダメでしょう？　ツッコミたいです。ツッコみたいけどツッコめません。

ここでツッコんでしまったらわたくしの負けです。

すべては扇子《せんす》の下に隠すのです。ええ、隠します。隠しますとも。

「クラウディア！　お前はこの可愛く可憐でなよやかなブリリアント・バークレイ男爵令嬢を見て、守ってあげたいとは思わないのかっ！」

「ライさまぁ～。私、こわぁ～い」

ラ、ライさま!?　絶句です。

バークレイ男爵令嬢はライネルさまのことをライさまと呼んでらっしゃるの!?

そのバカ、一応は王太子ですのよ。それを、ライさま!?

「あーよしよし。ボクが守ってるから、一緒にいなさい」

「はぁ～い」

もう言葉どころか溜息も出ません。

わたくしは、ピンクの髪をふわふわと揺らして細い体に見合わぬ大きな胸をライネルさまの腕に押しつけるようにして絡まるブリリアント・バークレイ男爵令嬢を無言で見つめます。

長い睫毛《まつげ》に囲まれた目にハートを浮かべ、うっとりとライネルさまを見上げているご令嬢。

あざとい。絵に描いたようなあざとさでこちらが赤面してしまうわ。

ただ、あなたが絡まってるその男はわたくしの婚約者なのですけど、その点についてはどう考えていらっしゃるのかしら。

思わぬ急展開に、卒業式典の会場はざわめいています。

お祝いムードがぶち壊しになったのですから当たり前です。王太子といえば次期国王。

次期国王が男爵令嬢を腕に絡めて公爵令嬢に婚約破棄を宣言したのですから、皆が動揺するのは当然でしょう。

婚約解消ならいざ知らず、婚約破棄。上位貴族令嬢ならまだしも相手は下位貴族の男爵令嬢。

ツッコミどころが満載すぎてどこからどう言及すればいいのか悩むところです。

とはいえわたくしにとっても、ライネル・カルネード王太子は好ましい人物とは言えません。

むしろこのまま婚約破棄を受け入れて結婚を取り止めることもやぶさかではありません。ええ、むしろ渡りに船です。あんなのと結婚しないで済むのなら、わたくしにとっても良いことでしょう。

ですが、ライネルさまと結婚する、ということは次期王妃になるということです。

未来の国母になるのですから条件がいろいろとあります。平民の結婚とは違うのです。

そう考えこんでいた時、ライネルさまが口角を吊り上げて悪辣《あくらつ》な笑みを浮かべました。

「クラウディア・エクスタイン。お前が泣いてすがるなら側妃にしてやってもいいがな」

「っ⁉」

なんたる暴言！　驚きのあまり言葉が出てきません。あまりの言われように我慢できず、わたくしはライネルさまを睨《にら》みつけました。

わたくしは今、ひどい侮辱にあっているのです。簡単に引いては私の矜持《きょうじ》に傷がつきます。

ライネルさまの高笑いが王立学園の大広間に響き渡ります。

その腕に絡まるピンク髪の物体も同じように高笑いしています。

卒業式典会場のざわめきは一層大きくなっていきました。

学園の大広間は天井も高くて音がよく響きますから、ざわめきは何倍にもなっていきます。

わたくしはいたたまれません。いろいろな意味で。

「お前ごときがこなせた王妃教育をブリちゃんがこなせないとは思わないが」

「うんっ、ブリリアントがんばるっ」

「可愛いなぁ、ブリちゃんは。がんばれ」

「うんっ。私、ライさまのためにがんばるねっ」

なんでしょうか、このバカップル。周りの空気を一切読まない図太さは王族向きかもしれませんが、それ以外はお世辞にも相応《ふさわ》しいとは言えないです。主に頭とか。

「あぁ、可愛ぃ～。クラウディア、お前にブリちゃんの千分の一でも可愛げというものがあればなぁ……」

必要ありません、そんな可愛げ。

不敬になりそうな言葉を呑み込んで、わたくしはライネルさまの上機嫌な顔を睨《にら》みつけました。

ニヤニヤと下品な笑いを浮かべる王太子殿下は、何を勘違いしているのかベラベラと喋り続けます。

「ブリちゃんがいくら可愛くても、まずは授業を受けなければ身につくモノも身につかない。その間くらいは代理が必要だ。代理くらいなら、お前にだって務まるだろう」

いや無理ですから。ハッキリと言葉に出せば面倒な反応がありそうなので言いませんけど、公爵令嬢は男爵令嬢の代理など務めません。

その男爵令嬢が王妃教育を学び終えるまで何年かかるか存じませんが、代理などお断りです。

わたくしは無言でいることでお断りの意思表明をしました。

それがライネルさまに伝わったかどうかはわかりませんけれど。

「正妃はブリちゃん。側妃がお前。しっかり働いてくれるなら、ボクはそれでも構わない」

伝わっていなかったようです。残念ですがライネルさまはバカだから仕方ありません。

「……承知いたしました」

わたくしが返事をした瞬間、会場にいた卒業生たちが一気に息を呑む音が聞こえてきます。

「そこまでおっしゃるのなら、婚約破棄を受け入れますわ」

「「えっ⁉」」

ライネルさまもブリリアント・バークレイ男爵令嬢もずいぶんと驚いていますが、驚かれることに驚きを感じます。

二人とも人間性を映した間の抜けたバカっぽい表情になってしまいました。面白いから構いませんけど。

「手続きについては家を通して正式に行ってくださいませ。不備のないよう確実に、かつ迅速にお願いしたく存じます。つきましては、明日からの王妃教育は辞退させていただきますわ」

わたくしはここ一番という時の笑顔を浮かべて、壇上のライネルさまとブリリアント・バークレイ男爵令嬢を見上げます。

「では、失礼いたします」

とびっきり美しいカーテシーをとり、ピカピカの床を踏みしめながら思い出深い王立学園をあとにしました。

◇◆◇

「ただいま戻りました」

「おかえり、クラウディア」

自宅に戻ったわたくしは、真っ先にお父さまの執務室へ報告に出向きました。

いつもと同じように貴族らしい服装で執務机に向かっていたお父さまは、笑みを浮かべてわたくしを迎えてくれました。

淡い金髪に縁《ふち》取られた整った顔。瞳の色とお揃いの空色でできたウエストコートに白いシャツ、フリルのついたクラバット。柔らかな色合いの花模様の刺繍《ししゅう》も踊っていて、四十歳を超えても若々しいお父さまにはお似合いです。

ですが、今日はずいぶんと疲れているように見えました。

「まぁ、座りなさい」

お父さまは応接用の椅子に座るように促すと、侍女にお茶の用意をさせました。

執務室は天井近くまである本棚と大きな窓に囲まれていて紙とインクの匂いがする落ち着いた仕事部屋です。お父さまが一日のほとんどを過ごす場所であり、お父さまが恋しくなった時にわたくしが訪れる部屋でもあります。

大きな執務机からわたくしの向かい側の椅子へと席を移したお父さまとお茶を飲みながら、わたくしは卒業式典での顛末《てんまつ》を報告します。

話が進むにつれ、お父さまの表情は曇っていきました。

「それは大変だったね」

「ですが、これからはもっと大変になりますわ。新しい婚約者を決めなくてはなりませんから」

わたくしはもう十八歳。年頃や身分の合う令息たちはすでに婚約しているか結婚しています。しかし公爵令嬢が身分の低い相手と婚姻を結ぶことなどできません。

婚約者探しは大変でしょうけれど、相応《ふさわ》しい結婚相手を選ぶのが公爵令嬢としての務めであり、わたくしの気概です。

「早くに亡くなったお前の母、マリアのためにも、私はお前を幸せにしたい」

「わかっておりますわ、お父さま」

わたくしを産んだあと、お母さまの体は回復せずに儚《はかな》くなってしまわれた。周囲の方々はお父さまに再婚を勧めたそうです。

けれど、お母さまを深く愛しているお父さまは新しい妻を迎えることなく、わたくしとお兄さまを男手一つで育ててくれました。

母によく似たわたくしを、お父さまもお兄さまも大変可愛がり愛してくれています。溺愛です。

わたくしに王太子であるライネルさまとの縁談が持ち上がった時、そんな二人が手放しで喜んだかといえばそうではありません。

王族に嫁ぐということは苦労の連続です。我が家は金も力もある公爵家ですから、わたくしに苦労させないことなど簡単にできます。

ただでさえ『王家に嫁いで苦労する必要などない』と考えていたお父さまにとって、今回のことは腹立たしいこと以外の何物でもないでしょう。

「今日、何かが起きることは察しがついていたよ」

予感的中ですね、お父さま。ですが『予感』というにはお父さまの態度は確信に満ちています。

「何かありましたの？」

お父さまは封筒を一通、差し出しました。

「これを見てごらん」

「……まぁ！」

わたくしは驚きました。その高級そうな封筒には王家の紋章が刻まれていたからです。

「これは？」

わたくしの問いかけに答えようとしたお父さまでしたが、それを遮るように、別の声が響きました。

「クラウディア！　クラウディアはいるか！」

叫びと共にスラリと背の高い男性が部屋に飛び込んできます。

「お兄さま……」

怒りに顔を赤くして眉根を寄せて空色の目を吊り上げたセシルお兄さまが、淡い金色の髪をなびかせてわたくしたちの前に現れました。

服装が似ていることもあり、お兄さまはお父さまとそっくりです。

しかし若い分、感情が表に出やすいのです。貴族としてはいかがなものかとわたくしは常々思っているのですが。

妹思いのお兄さまは怒りをあらわにしながらも、わたくしに優しい声で問いかけました。

「婚約破棄されたと聞いたが、大丈夫か？」

「ええ、わたくしは大丈夫でしてよ、お兄さま」

お兄さまは立ち上がったわたくしを優しく抱きしめました。

「あぁ、クラウディア。可哀想に。辛かったね」

「お兄さま……」

「あのバカがバカなことをするのはいつものことだが、バカとはいえ今回のバカは許しがたいっ！」

お兄さま、あまりバカバカ言うのはお勧めできません。不敬ですよ。

いくら真実でも、言っていい真実と言ってはいけない真実が貴族社会にはありますよね、と言いたいところですが、これを言うのも不敬だと気付いたわたくしは、賢明にも言葉を呑みこみました。

「バカだバカだと思っていたが、ここまでバカだったとは。私の可愛いクラウディアを悪役令嬢にするなんて」

「……悪役令嬢？」

首を傾げるわたくしを、お兄さまは怒りの冷めやらない顔で覗きこみます。

「あのバカとその恋人が、お前のことを悪役令嬢と触れ回っているのだよ」

「えっと……悪役令嬢とは？」

「悪役令嬢とは、小説やお芝居でヒロインの敵役となる令嬢のことだよ」

それでしたらわたくしにもわかります。しかし、お兄さまの説明が続いていくことで理解は追いつかなくなるのです。

「家柄や財産、容姿などがヒロインよりも有利で恋路の邪魔になる悪役だ。ブリリアント・バークレイ男爵令嬢よりもクラウディアのほうが、家柄もいいし財産もあるし、容姿だっていい。頭だって性格だってクラウディアのほうがいいのだ。敵役どころか、まともに張り合うことすら無理なのに、まるで勝ったようなドヤ顔をしていたそうじゃないか。辛かったね、クラウディア」

わたくしは返事のしようがありません。敵役はわかりますが、悪役令嬢とは何たるかが再び謎に包まれてしまったからです。

ドヤ顔？　それはどのような顔でしょうか。お兄さまの知識が豊富なことには驚きましたがそのほとんどは理解できません。

そもそもすべての条件がヒロインを上回ってしまったら勝負にならないと思うのですが、違うのでしょうか。王妃教育で忙しく恋愛小説など読む暇などなかったわたくしには、未知の世界です。

「まぁまぁ、セシル。落ち着きなさい」

「父上は腹が立たないのですか⁉」

お兄さまは怒りが収まらない様子です。これは妹が可愛いという意味だけではありません。

わたくしをコケにしたということは、我が公爵家をコケにしたのと同じことです。

貴族社会で生き残るには名誉は大切ですから放置していい問題ではありません。

「二人ともまずは座って落ち着いてくれないか？　ひとまずそれを見てほしいのだよ」

お父さまはお兄さまを宥めながら、そう言います。

お父さまの真剣な声音を聞いて、お兄さまは渋々とわたくしの隣の椅子に座りました。

「中を見てごらん」

「はい」

お父さまに促されてわたくしは封筒の中身を取り出します。

中に入っていたのは、表に王令と書かれた一枚の紙。


『アレクサンドロ・コルネリア辺境伯とクラウディア・エクスタイン公爵令嬢の婚姻をここに命ずる』


その紙には、そう書かれていました。

「……は？」

さすがにわたくしも間の抜けた声を出してしまいました。公爵令嬢としてはあり得ませんが、一人の人間としては許容の範囲でしょう。

王令？　これは王令ですの？　王令は国王によって法を定めるときに使うものです。なぜわたくしの婚姻が法として命ぜられるのでしょう……疑問がわたくしの中に渦巻《うずま》きますが、落ち着いてお父さまの説明を待ちたいと思います。

「これはクラウディアが帰ってくる少し前に届いたのだが……」

「えっ」

国王陛下はわざわざ公務にいく前にコレを用意された、ということでしょうか。ならば国王陛下は今回の茶番を事前に了承されていたということになります。しかもわたくしの次の婚約者まで決めていたということです。

わたくしが衝撃のあまり固まっていると、お兄さまが私の肩を指先でチョンチョンと突いてから書類上の一点を示しました。

「ここを見て」

「なんですか？　お兄さま」

「このサイン……」

王令には陛下のサインが入るものです。サインがあるのは普通のことなのですが……

「……あら」

お兄さまに指摘されてよくよく見ると、そこにあるのは流麗でいて力強く、思わず溜息が出てしまうほど達筆な陛下のサインではありません。

サインが入るべき場所にあったのは、見覚えはあるけれどへったくそな字です。

ペン先の制御すらまともにできていないミミズがのたくったような線で書かれた、バランスのバの字すら感じられないサインがそこにあります。このサインは……

「ライネルさま、ですね」

「ああ」

つまりこれは、ライネルさまが父である国王陛下の名を騙ってサインした王令です。

「父上。この明らかに陛下のものではない王令を、いかがするおつもりですか？」

「私もどうしたものかと迷っている段階なのだよ」

サインの偽造というのも問題ですが、この場合は王令ではなく王命を使うのが自然なのです。王令と王命を間違えるなんて、バカ王太子でお馴染《なじ》みのライネルさまらしいです。

そこまでして自分以外の者との婚姻を成立させたいのですね。ならば受けて立ちましょう。

「悩むことはありませんわ、お父さま、お兄さま」

「ん？」

「このお話、お受けします」

「「えっ!?」」

お父さまとお兄さまが、そっくりな表情を浮かべて驚いています。

けれどわたくし、売られた喧嘩は買うだけでなく、利子をつけてお返しする主義なのですわ！

◇◆◇

「と、いうことなのよ。リデア」

わたくしは自室の鏡台の前に座り、忠実な侍女であるリデアからのお世話を受けながらざっと事情を説明しました。

「ライネルさまの思惑がどうであれ、わたくしは役立たずな公爵令嬢になる気はサラサラありませんの。とはいえ、王妃教育しか受けていないわたくしは、辺境伯夫人としてのふるまいはおろか、辺境伯さまのことも知らないわ。辺境伯領へ嫁ぐ前に、それなりに準備をしておきたいの」

赤毛で赤い瞳を持つリデアは、感情の読み取りにくいキツイ印象の美人です。

そのリデアが気づかわしげな表情を浮かべて鏡に映っています。でも、それは一瞬のこと。

「はい。ではアレクサンドロ・コルネリア辺境伯さまの情報を集めてくればよろしいのですね？」

すぐにいつもの有能な侍女の顔に戻り、わたくしの考えを先読みして確認してきます。頼りになるわね、私の侍女は。

「そうよ。お願いね」

「承知いたしました」

優秀な侍女はすべて把握してくれました。とても頼りになる侍女ですし、実際いつも頼りにしています。

侍女の持つネットワークは侮《あなど》れません。情報を集めたいなら信頼できる侍女を頼るのが一番です。

「辺境伯さまのことだけでなく、辺境伯領のこともしっかり調べておきます」

一礼して部屋を出ていくリデアの後ろ姿を見ながら、わたくしは心の底から安堵して全身の緊張が解けていくのを感じました。

◇◆◇

「ふわぁ〜〜〜。よく寝たわ」

本当によく眠れました。深くて良い眠りを十分に得られたからか、近年まれに見る気分の良さです。

「こんなに眠ったのって……記憶にないくらい昔だわ」

独《ひと》り言《ご》ちるわたくしの視界に、いつの間にか開けられていた窓が映りました。窓辺では白いレースのカーテンが気持ちよさそうに揺れています。

太陽はすでに高く、ときおり遠くから子どもたちの甲高い歓声が聞こえます。

「今日からは、王宮へ行く必要も、王妃になるための勉強をする必要もないのね……」

その変化に寂しさなどなく、わたくしを包んでいるのはむしろ解放感です。

清々した、と、表現してもいいのかもしれません。

わたくしが公爵令嬢である事実は変わらないのに、王太子の婚約者という肩書が取れただけでこんなにも軽やかな気分になれるなんて、想像もしていませんでした。

もっとも、辺境伯領へ行くのなら支度で忙しくなることでしょう。けれど新しいチャレンジは楽しいものです。

わたくしがスッキリとした気分でリデアに身支度を手伝ってもらっていると、お父さまからの呼び出しをメイドが伝えに来ました。

何のご用でしょうか？

「お前を辺境伯殿に嫁がせることが本決まりになった」

執務室に入ったわたくしが聞いた言葉は、予想していた通りのものでした。

応接机を挟んで正面に座るお父さまは、苦々しい表情を浮かべています。

その隣には、肘をついて頭を抱えているお兄さま。二人とも疲れている様子です。

わかってはいましたが王令は覆《くつがえ》されず、わたくしは明後日、コルネリア辺境伯領に向けて出発することになりました。

「私としても苦渋の選択だ。本心としてはお前を手元に置いておきたい。辺境伯殿がどのような方なのかも知らないし、その領がどのような土地柄なのかという情報も把握していない状態でお前を送り出すのは不安なのだ」

「わかっておりますわ、お父さま。嫁に出すのであれば詳しい情報を集め、わたくしが不快な思いをしないよう各方面に手を回してくださるおつもりだったのですよね？」

「ん……んん。少々、私の人物像の捉え方に癖があるような気がするが。時間が許せばそうしていただろう。うん。外れてはいない。お前は優秀だ」

「ありがとうございます」

王妃教育のせいで父と娘の時間は大幅に削られてしまいましたが、このクラウディア、お父さまのことは理解しています。信頼しておりますのでご安心ください。

そんな思いを込めて見つめ返しましたのに、お父さまの眉はヘニョリと情けない形になってしまいました。

「十分な下調べもせずに辺境伯領に送り出すのは忍びないのだが……お前を側妃に、などとライネルさまが言うくらいの状況だ。何を仕掛けてくるかわかったものではない。とはいえこれは一時しのぎだから、白い結婚ということになる」

白い結婚とは、経済面や政治的な取引のために行われる、形だけの偽装結婚のことです。

「貴族社会は契約社会だ。白い結婚でも成立させてしまえば、王家もおいそれとは手出しできない。身の安全を確保するためにも、お前には辺境伯殿の所へ行ってほしいのだ。すまない」

「いえ、お父さま。謝罪など必要ございません。最初からそのつもりでしたし、貴族としての振る舞いは心得ています」

「私も兄としてお前のことは守るつもりだ。公爵家のことよりも、お前自身の安全を優先してくれ」

「お兄さま……」

わたくしは、お父さまからも、セシルお兄さまからも、痛いほどの愛を感じました。

「大丈夫ですわ。わたくし、公爵令嬢としての誇りを傷付けられるようなことは誰にも許しません」

それが二人からの愛に報いることだと、わたくしは知っています。

苦しげな表情のまま、お父さまはわたくしの後ろへと視線を移しました。

「そこでだ……リデア。話があるから座ってくれないか」

お父さまに促されて、リデアがわたくしの隣に腰を下ろしました。

「君にはクラウディアと一緒に、辺境伯領へ行ってほしい」

「はい」

少し緊張した面持ちのリデアが、お父さまの言葉にコクリとうなずきました。

「君は優秀だ。王宮でも十分に通用する。伯爵令嬢として良い家に嫁ぐ未来も選べるだろう。王妃付き侍女という未来が閉ざされてしまった今、こんなお願いをするのは、こちらとしても心苦しいのだが……」

「いえ、そんな。私は出世のために仕えていたわけではございません。お嬢さまとご一緒できるのなら私も嬉しいです」

「リデア……」

わたくしの侍女は、迷いのない眼差しをお父さまに向けています。

この言葉は、本心からのもの。

そう確信したわたくしは、心の底から安堵しました。彼女が側にいてくれるのなら心強いです。

「クラウディアと姉妹のようにして過ごしてきた君を、父も私も信頼している。妹の側にいて、この子を守ってほしい」

お兄さまの言葉に、リデアは真剣な面持ちで力強くうなずきました。

「承知いたしました。このリデア、伯爵令嬢としての誇りにかけても信頼に応えてみせます」

迷いなく答えるリデアを前にして、わたくしの迷いも綺麗さっぱり消えてなくなりました。

「辺境伯殿には既に書状を送っておいた。白い結婚であることと、お前の身の安全を守ることを依頼しておいたから、心配はいらないよ」

「はい、お父さま。でも身分の釣り合う嫁ぎ先として、辺境伯さまのところは最適なのではありませんか？」

わたくしの言葉に、お父さまとお兄さまは露骨に顔をしかめました。

「身分が釣り合っていたとしても、私たちは辺境伯殿について知らなすぎる。今は白い結婚であると釘を刺しておいたほうがいい」

苦々しく言うお父さまの隣で、お兄さまがコクコクとうなずいています。

二人があまりに真剣に言うものだから、わたくしは思わず笑ってしまいました。

「結婚の契約内容については私と辺境伯殿との間で決める。何か聞かれても、お前は知らぬ存ぜぬで通せばよいからな、クラウディア」

「はい、承知いたしました」

貴族の結婚は細かく取り決めを必要とする面倒なものです。わたくしとライネルさまとの結婚にも詳細な決め事があります。それはそれは長い年月をかけて進めてきた契約なのですが、あのバカときたら……

「当然だが、お披露目の行事も一切必要ない。お前は気軽に楽しめばいいよ」

「はい、お兄さま」

最初からそのつもりです。バカのお守りは疲れました。わたくし、リフレッシュしてきます。

わたくしとリデアは手を取り合って、引っ越しの準備を始めることにしました。

実際の荷造りをするのは使用人たちの役目ですが、指示をしていくだけでも疲れます。

わたくしは、そのおかげで今日もぐっすりと眠ることができました。

爽やかな朝の日差しで目覚め、白い天蓋を眺めていると階段を上るリデアの気配がしました。

足取りから察するに、良い情報が得られたようです。

少しして、ノックの音と共にリデアが姿を見せました。

「おはようございます、お嬢さま」

「おはよう」

リデアの赤い目がキラッキラしています。辺境伯領行きは彼女にとって負担になるかも、と心配していましたが杞憂《きゆう》でした。

ベッドから下りたわたくしは、いつも通り侍女に手伝ってもらって身支度を済ませます。

身支度を終えたわたくしが椅子に座って一息ついていると、リデアが朝のお茶を用意しながら話し始めました。

「お嬢さま。辺境伯さまの情報が手に入りましたので。ご報告してもよろしいでしょうか？」

「ええ、お願いするわ」

紅茶の良い香りが部屋に広がっていくのを感じながら、リデアの心地好い声に耳を澄《す》ませます。

白い結婚だろうと本格的な結婚だろうと、お相手のことは気になります。

公爵令嬢とあるのと同時に、年若い女性でもあるのですから興味を持つことは健全なことです。

断じてはしたないことではないと、わたくしは信じております。

「アレクサンドロ・コルネリア辺境伯、三十八歳」

わたくしは十八歳だから年齢はそこそこ離れています。辺境伯さまはお父さまとのほうが年齢が近いです。

「銀髪に青い瞳。コルネリア辺境伯家に勤めるメイドからの話によると、サラッサラの銀色の髪を長く伸ばし、普段は三つ編みにしたり、ポニーテールにしたりしていらっしゃるそうです。美しい方だそうですよ」

「美形ですのね。でもわたくし、女性的な方はちょっと……」

お気に入りのカップの柄を眺めながら、わたくしは言い淀みました。可愛らしくて華やかな物は好きですけれど、男家族に囲まれて育ったせいか弱々しい方はあまり好みではありません。

「その心配は無用ですわ。辺境伯さまは戦士でいらっしゃるので」

「まぁ、戦士？」

「辺境軍を束《たば》ねるお方ですので、スラリと背が高い筋肉質なお方だそうですよ」

「あら素敵」

カップを口元に運んで一口紅茶を飲みます。リデアの淹《い》れてくれた紅茶はいつも美味《おい》しいです。

貴族の殿方で見た目に難がある方は滅多にいらっしゃいませんが、外見も魅力的であるほうがいいわね……と、思っている自分に気付いて新鮮な驚きを覚えます。

年頃になる前にライネルさまとの婚約が整ってしまいましたから、自分がこんなことを感じるタイプだとは知りませんでした。

わたくしは驚きつつも平静を装って、リデアの報告を聞き続けます。

「元々は色白な方のようですが、日々の鍛練《たんれん》で日に焼けた肌をしていらっしゃるそうです。剣技にも体術にも優れ、美しく整ったお顔をしているのに精悍《せいかん》で男らしいイケオジ……と侍女やメイドの間で話題になっているとか」

「イケオジ？」

イケオジとは、なんでしょうか。昨日から知らない言葉と遭遇してばかりで戸惑います。

「イケてるオジさん。略してイケオジでございます。ちなみに辺境伯領にはマッチョが多いそうです」

「マッチョ？」

「筋肉質な方々をそうお呼びするのです。ちなみに、筋肉たっぷりタイプをゴリマッチョ、細く締まったタイプを細マッチョ、と言ったりもしますわ」

「そのような言葉がありますのね……」

世間に疎《うと》いわたくしにとって、とても勉強になります。

「プチ情報としまして、コルネリア辺境伯家の執事は、高齢にもかかわらず細マッチョで魅力的な方だそうです」

「まぁ、プチ情報まで。最近、急激な情報過多で戸惑っておりますの」

「お嬢さまは王妃になられる予定だったんですもの。市井《しせい》の流行《はや》り言葉など知らなくて当然ですわ」

リデアの言う通り、今までは知らなくても問題ありませんでしたが、これからは違います。

「えぇ。でも、これからは流行《はや》りにも敏感にならないといけないわ」

「いえいえ、辺境伯夫人になられるなら、そこまでは……」

「ふふ。リデア。わたくし自身が興味津々ですのよ」

「あら。うふふ」

一気に空気が和《なご》みました。

「それで、辺境伯さまの情報に続きはないのかしら？」

追加の情報をねだると、リデアは文字がびっしりと書かれた手帳を覗き込みながら、得意げに話し始めました。

「あります。それはもう、たっぷりと。辺境伯さまの美しい顔には戦いで負った太刀傷《たちきず》があるらしいのです」

「まぁ！」

「すでに傷痕は薄くなっていて目立たないらしいのですが。その傷痕のせいで貴族の間では評判がよろしくないらしく……」

「傷痕の一つや二つ、戦士であるのならあっても不思議ありませんのに。でも、そのような事情があるのなら、辺境伯さまとわたくしとの間に縁談が持ち上がったのも納得できますわ」

嫌がらせのために悪評のある人物を新しい婚約者にあてがうなんて、ライネルさまの考えそうなことです。ライネルさまのそのような所がわたくし、大嫌いなの。

「そうかもしれませんが、私にはわかりかねます」

「あぁ、ごめんなさい。リデアを困らせる気はなかったのよ」

「いえいえ。大丈夫ですわ。それで……辺境伯さまのお人柄についてですが」

「ええ、そうね。お人柄は大切ね」

貴族であっても一緒に生きていくのなら人柄が大切です。できれば、お父さまやお兄さまと似た穏やかな方を希望します。

「戦士でありながら性格はいたって穏やか。領民に信頼されている領主さまのようです」

「まぁ。穏やかなお人柄なのは安心ね」

すぐにイライラするライネルさまのような方でなくて良かったわ。

「領民に信頼されている、というのも素敵ね」

「はい。まったくその通りでございます」

わたくしの言葉を聞いて、リデアは嬉しそうにうなずきました。

「辺境伯領の様子などはわかったかしら？」

いくら辺境伯さまが素敵でも、慣れない土地での暮らしは不安です。暮らすのに労力がいる場所だったら、どうしましょう。

「調査できた範囲では、暮らしやすい場所のようです」

「それは良かったわ」

わたくしは世間知らずの公爵令嬢ですから、無理なく暮らせる土地のほうが合っています。

「コルネリア辺境伯領は、王国の端にありながら、物流の要《かなめ》で商業が盛んな地域です。商売人が多く集まる土地柄なので、良いお店がたくさんあるらしいですわ」

「そうなのね」

「貴族の方々が使うお店は王都のほうが多いのですけれど、庶民が楽しめるお店となると、辺境伯領は王都に負けず劣らずのようです」

庶民が楽しめる領地というのは豊かな証拠です。俄然《がぜん》、辺境伯領に興味が湧きました。

「商売人には目利きが多いですものね。その商売人を満足させられるお店なら、素敵なところがたくさんありそうね」

「はい。安くて素敵なアクセサリーのお店や、量が多いうえに美味《おい》しくて安い食べ物屋さん、庶民が楽しめるところなどがいろいろと揃っているそうです。田舎《いなか》というわけではないので暮らしやすいという評判です」

楽しそうなところで期待が高まります。でも寒かったり、暑かったりするのは苦手です。

「気候のほうは？」

「一年を通して温暖だそうですよ」

過ごしやすそうで安心しました。

「自然も豊かで温泉などもあるようです」

「まぁ、温泉!?」

話に聞いたことはありますが、王妃教育で忙しかったわたくしに入りに行く時間はありませんでした。

「噂では聞いたことがあるわ。温泉、ぜひ入ってみたいわね」

「そうですね、お嬢さま」

「うふふ。向こうに着いたら一緒に行きましょうね、リデア」

「はい。お供します」

なんだか気分がウキウキしてきました。リデアも楽しそうな様子です。

見た目も性格もいい婚約者に、豊かな領地。しかもわたくしが嫌いな人が住む王都から遠い。

ちっとも嫌がらせになっていませんよ、ライネルさま。本当に間抜けな王太子だこと。

◇◆◇

とうとう明日は出発の日です。

リデアと賑やかに荷物をまとめている間は気が紛れていましたが、ついにその日がやってくるかと思うと心は重くなっていきます。

心なしか、夕食の席も重苦しい空気が満ちているように感じます。

天井のシャンデリアはいつもと同じように輝いているのに、蝋燭《ろうそく》の灯りを足しても暗く感じます。

シミ一つない白いテーブルクロスの上には、白地に花柄で金の縁《ふち》飾りのついた大小のお皿が重ねられて載っています。

我が家のカトラリーは、銀に金の縁《ふち》飾りがついたものです。

王宮で使われているカトラリーは細工《さいく》こそ見事ですが、銀一色で少々味気ないので、我が家の物のほうが気に入っています。

辺境伯家のカトラリーはどのようなものでしょうか。スプーンに自分の姿が映りこむのを眺めながらしばし思いにふけります。

暖炉の上のマントルピースには大きな金時計。時刻が読めなかった頃からある時計は、わたくしがこの家から去っても時を刻み続けることでしょう。

壁の絵も、猫足の椅子も、わたくしにとっては思い出の中のものになってしまうのでしょうか。

明日出発することは理解しているのですが、いま一つピンときません。

わたくしはこの家での最後の夕食に、ブルーグレイ地に白のレースが映えるドレスを選んだのですが地味だったかもしれません。

しばらく会えないのだから、お父さまたちの瞳の色に合わせた明るい空色のドレスが良かったかもしれないわ、などと考えながら、お父さまの言葉を待ちます。

「偽物のサインだとわかっているが、これで押し通すようだ」

お父さまは苦虫を噛み潰したような顔のまま黙ってしまいました。両肘をテーブルに置いて、握りこんだ右手を口元に持っていったままです。

テーブル上に開いて置いている手のひらも、握ったままの右手も、力が入り過ぎているのか小刻みに震えています。それにつられてテーブルの上にある食器も小さく音を立てていて、お父さまの隠しようのない苛立ちを感じます。

「まったく。王太子がバカなのは知っていたが、陛下もですか……！」

言葉を噛み殺すように苦々しく言うお兄さまも体に力が入り過ぎているようで、椅子の上でフルフルと細かく震えています。

顔も力が入り過ぎていて怖いくらいです。わたくしは笑みを浮かべてお父さまに話しかけました。

「仕方ありませんわ。サインの偽造は重罪です。ライネルさまを罰することを、あの王妃さまが許すはずがありません」

「そうだな」

「サインの偽造を認めないのであれば、王令が覆《くつがえ》ることはありません。貴族にできるのは受け入れることだけです。……わたくしに不満はございませんから」

彼らがどう言えば落ち着いてもらえるのかを考えながら、わたくしは言葉を選びます。

辺境伯領へ出発する前の最後の夜です。語り合いたいことは他にありますから。

「だがクラウディア。お前にばかり苦労をかけるのは間違っている。我慢しなくていいんだぞ？」

「いいえ、お兄さま。わたくしは我慢などしておりません」

むしろ今までのほうが耐え難き苦痛を我慢していたような気がします。不敬になってしまうので言いませんけれど。

「止めなさい、セシル。クラウディアは明日早く出立せねばならない。ゆっくり晩餐《ばんさん》を共にできるのは今夜が最後なのだ。他に話したいことがあるだろう？」

「そうですけれど……」

お兄さまはモゴモゴと言葉を濁し、お父さまもまだ小さく震えています。二人の苛立ちが伝わってくるのと共に、自分がこの家を出るということが現実味を帯びてきました。

わたくしは何か言おうと思って口を開きますが、言葉が喉の奥に詰まって上手く出てきません。

久しぶりの家族団らんだというのになんだか切ないです。

よく思い返してみると、普段は王城で食べていましたから、こうしてゆっくりと自宅で家族と共に夕食をとるのはいつぶりでしょうか。

夕食は静かに始まり、静かに進んでいきます。前菜にスープ、メイン。今日のメイン料理はステーキです。

久しぶりに味わう我が家の料理です。次はいつ食べられるかわかりませんから、しっかりと味わいましょう。

あら、このステーキ美味《おい》しい。我が家の料理長は王宮や隣国で修業を積んでいるので、美味《おい》しくて当然ですが。

さすがです、素晴らしいわ。わたくしが満足げにお肉を頬張る横で、お兄さまは不満げです。

「白い結婚とはいえ、私は納得できません」

「それは私も同じだよ、セシル。でも仕方ないではないか。我々は王族に逆らうことなどできないし、戦略を立てる時間も不足していた。なによりクラウディア本人が受け入れているのだ。今はそれに甘えるしかない」

「ええ、お父さま。わたくしは貴族ですから、辺境伯さまのもとへ参ります」

アレクサンドロさまはどんな方でしょうか。辺境伯領も良さそうなところですし、ちょっと楽しみです。

「でもクラウディア。辺境伯領なんて、王都で育った繊細《せんさい》なお前に合わないよ」

「お兄さま。辺境伯領は貿易の街であり商売人の街でもありますのよ。荒野にいくわけではありませんから、ご心配なく」

「私もお前を辺境伯領にやるのは複雑な気持ちなのだよ、クラウディア」

お父さまが眉尻を下げて話しかけてきました。これは話を逸らすべきタイミングです。

「お父さま。辺境伯領に向かう間の宿をお願いしても良くて？」

「ああ、それは手配済みだよ」

「さすがお父さまですわ。辺境伯領は向かう途中にも観光地がたくさんあるのですよね？」

「ああ、道中はたくさん楽しむといい。宿は優雅かつ可愛いところを選んでくれるよう、旅先の領主たちに手紙でお願いしておいたよ」

「嬉しいわ。ありがとうございます」

お父さまは社交上手な事務方気質ですから、旅の手配などお手のものです。楽しい旅になることでしょう。

「王妃教育で忙しくて遊びに連れて行くことすらままならなかったからね。その分まで楽しむといい」

「えぇ、とっても楽しみです！」

あえて明るく言うわたくしを見たお兄さまは眉を吊り上げ、お父さまのほうへ向き直って不機嫌そうに言います。

「父上。クラウディアは観光旅行に行くわけではありません。嫁に行くのですよ？」

「いいじゃないか。クラウディアは人質に取られるわけじゃない。問題が片付きさえすれば、いつでも戻れる」

「あぁ、そういうことですか」

ちょっとだけお兄さまの表情が柔らかくなりました。でもお兄さま、その安心されようは妹を甘く見ている証拠です。

「お父さまったら。わたくし、そんな簡単に逃げ帰るような人間ではありませんわ」

「ふふふ。それはわかっているよ、クラウディア。帰ってきてほしいのは、あくまで私の希望だ」

「私は全面的に帰ってくることを期待しているよ、クラウディア」

「まぁ、お兄さまったら」

わたくしたち家族は、いつの間にか和《なご》やかに笑いあっていました。

そうです。これは永久の別れではなく新しい始まりなのです。

歓談しながら、わたくしたちは我が家のパティシエが作ったイチゴタルトのバニラアイス添えを美味《おい》しくいただきました。

……あら。我が家には、いつからパティシエがいたのかしら。

◇◆◇

朝が来ました。ついに出発です。玄関でお父さまとお兄さまと向き合います。

「では、お父さま、お兄さま。わたくしは辺境伯さまのもとへ参ります」

わたくしは長旅に備えて、リボンがたくさんついた少しゆとりのあるドレスを着ています。

空色の生地と白いレースをたっぷり使ったドレスは見た目こそ大げさですが、着てみると楽なのです。帽子もリボンとレースがたっぷりなので子ども用のように見えますが、日差しが気にならないので快適です。さすがはリデア、任せて正解でした。

たくさんの荷物は別の馬車で運ぶので、わたくしたちは身軽にゆったりと馬車に乗っていくことができます。その点も安心です。

「クラウディアァァ〜！　やっぱり辺境伯領になど行かせたくないぃぃぃぃ」

「安全のためには仕方な……あぁ、やっぱりダメだぁ〜。クラウディアァァァ〜！」

そっくりな顔をしたヒョロリと背の高い男と、それよりもちょっとだけ小ぶりの男が、並んで顔をクシャクシャにして泣いているのを見て、うっかり笑ってしまうところでした。

二人とも屋敷でも焼け落ちたのかと思うほどの号泣っぷりです。お父さまとお兄さまが泣く姿など見慣れているわたくしでも、ちょっと引くくらいの滝のような涙が空色の目から流れています。

「永久の別れでもありませんのに、大袈裟ですわ」

わたくしを守るためとはいえ白い結婚を提案したのはお父さまとお兄さまなのですから、そこまで泣くことはないような気がしますけど。ここは慰めておきましょう。

「それに辺境伯領までは馬車でゆっくり向かっても四日ですわ。早駆けなら一日もあれば着く距離ではありませんか」

「アァァァ。でも、私たちには仕事があぁぁぁ～！」

「その一日が作れないんだよぉぉぉ～！」

二人は全身を使って嘆きながら訴えますが、わたくしはこんな時に使える手段を知っています。褒め殺しです。

「何をおっしゃっているの、お二人とも。大丈夫ですわ。優秀なお父さまとお兄さまが本気になって仕事をなされば、そのくらいの時間は簡単に作れますでしょう？」

「あぁダメだ、クラウディア。毎日だって顔を見たいのにぃぃぃ～！」

「妹が嫁ぐ先は、もっと近くが良かったぁぁぁ～！」

「うふふ。あらあら、そんなことをおっしゃって。わたくしは、お二人が遊びに来てくれるのを辺境伯領で楽しみにしながら待っていますわ」

上目遣いに二人を見ながらニッコリ笑います。これで、どうだ！

「あぁぁ。なんて可愛いことを言ってくれるんだ、我が娘はぁぁぁ！」

「兄は……兄は、お前の期待に応えるぞぉぉぉ！　絶対に、だぁぁぁぁ！」

どうやらやる気が爆発したようで良かったです。

わたくしは、ここ一番の時の美しいカーテシーをとると、リデアと共に馬車へと乗り込みます。

「では、行ってまいります」

「「クラウディアァァ」」

泣きながら馬車に向かって手を伸ばし、膝から崩れ落ちて地面にへたりこむなんて、お父さまもお兄さまも大げさです。

　馬車の窓から外を覗くと、明るい日差しの下で泣きながら手を振る家族と、住み慣れた屋敷が見えました。

　わたくしは泣けばいいのか笑えばいいのか、わかりません。

　白やピンクの柔らかな色合いの大輪の薔薇《ばら》が咲き誇る庭と、白い壁に美しい彫刻が施された屋敷が春の日差しを浴びてキラキラと輝いています。

　薔薇《ばら》の咲く手入れの行き届いた庭とも、窓枠の装飾が美しい屋敷とも、しばしのお別れです。

　キラキラと光る窓ガラスを眺めるわたくしたちを乗せた馬車は、敷地の外へゆっくり走りだします。わたくしの心はまだ見ぬ世界への期待に高まっていくのでした。

心配症でわたくしに激甘のお父さまは、公爵家で所有している馬車の中で一番良いものを用意してくれました。クッションはふわふわで揺れも少ない馬車ですから、長時間乗っていてもお尻が痛くなったりしません。

護衛も屈強な者を厳選してくれましたので、旅路は安心安全かつ快適です。

初めてといっても過言ではない長い旅でしたが、このうえなく快適で楽しいものとなりました。

こまめに馬も取り換えてもらえたので、馬たちも気持ちよさそうに走っています。

キャッキャウフフとはしゃぎながらリデアと行く旅はそれはもう楽しくて、目的を忘れてしまいそうでした。

「婚約破棄などなかったら、今頃は王妃教育の真っ最中ね」

「あら、お嬢さま。お勉強が恋しいのですか？」

「まさか！」

わたくしはブンブンと首を横に振ります。少々はしたないですが馬車の中にはリデアしかいないので大丈夫です。

「解放されてウキウキしているの。あのままだったら今日も座学や礼儀作法に振り回されていたわ。それを思うとぞっとします」

「そうですよね、お嬢さま。よろしかったですよね、解放されて！」

「本当にね～。嬉しいわ！」

婚約が続行されていたら、と考えると背筋が凍ります。

なぜあんなにも我慢していたのでしょうか。振り返ってみると不思議です。

今となっては、王太子の婚約者であったことも、王太子殿下のお名前がライネルさまであったことさえも忘れてしまいたい、そんなわたくしなのでした。

◇◆◇

「ついに辺境伯領に入ったわね」

まだ昼を少し回ったくらいの時間です。馬車の中から外を見ると、賑やかな街の様子が窺《うかが》えます。

街を行く人々は人種も性別も年齢もさまざまです。子どもを連れた女性もいれば、お年寄りが一人で歩いている姿もあります。

「治安も良さそうですね」

「ええそうね。ほら見て、リデア。あの女の子、可愛いわ」

「本当ですね。何かお祝い事でもあるのでしょうか」

ふと見えたのは、五歳くらいの女の子が晴れ着と思われる赤いドレスを着て、その母親と思われる女性と手を繋いで石畳を歩く姿。

「子どもを着飾らせて女性が連れ歩いても安全なんて、王都では考えられないわ」

「王都ではいくら平民といっても、綺麗にしていると狙われますからね」

「それだけ安全ということかしら。あと、屈強そうな方が多いのではなくて？」

「ええ。老若男女問わず、強そうな方や丈夫そうな方が多い印象ですね」

若い男性の方はもちろん、高齢とおぼしき男性や小さな男の子も筋肉質な方が目につきます。

しかも着ている物の面積が王都より若干小さいような気がします。

女性の方も丈夫そうな体型の方が多いです。女性の着衣は面積が小さいというよりも露出が少しだけ高めで、体のラインに沿った服装という印象です。

「女性も男性も、カッコイイ方が多いですねぇ」

「そうね。領民の皆さまは体を鍛えることに熱心なのではないかしら？」

「良いことでございますね。私も体を鍛えようかしら？」

「ふふふ。筋肉質なリデアも見てみたいわ。素敵でしょうね」

道行く馬まで王都よりも筋肉質に見えます。逞《たくま》しいことは良いことです。

「本当に商業が盛んなところのようですわね」

ここで暮らすのはとても楽しそう。わたくしはどんな体験ができるのかしら。楽しみです。

そんな話をしている間にも馬車は進み、丘陵地帯の上に城壁が見えてきました。緩やかな曲線を描きながら右から左へと続く坂道を、馬車はゆっくりと確実に上っていきます。

「あそこが辺境伯さまのお屋敷のようです、お嬢さま」

ふと窓の外を見ると、辺境伯領の街が眼下に広がっていました。

淡いベージュから濃いオレンジまで、さまざまなテラコッタ色でできている街です。

石やレンガで作られた家々。ところどころに点在する赤や青などの鮮やかな屋根。その合間から見える木の緑。丸い噴水に石畳の広場などが見えます。

街並みを十分に堪能した頃、馬車は跳ね橋を越えて城門をくぐった先でようやく止まりました。

わたくしたちの前に現れたのは屋敷というよりも城です。

「ここ……なのね。要塞のように厳《いか》めしいわね」

ここは国境を守る役目も担う辺境伯のお屋敷なのですから、難攻不落な城塞でも不思議はありません。わたくし、たいした心構えもなく大切な役割を果たしているお家に嫁いできて良かったのでしょうか。

勢いでバカ——もとい王太子殿下の策略に乗ってしまいましたが、こんなことに重責を担う辺境伯家を巻き込むなんて浅慮な決断だったかもしれません。

わたくしを辺境伯家が受け入れてくださるといいのですが、どうなのでしょうか。

第二話　恋に落ちた公爵令嬢はイケオジ辺境伯の心を掴みたい

王令が届いていなくて、辺境伯さまが受け入れてくれなかったらどうしましょうか。

せめて、お父さまが書いてくださった書簡がキチンと届いているといいのですが。

不安と緊張で、わたくしはゴクリと息を呑みます。いずれにせよ馬車はコルネリア辺境伯邸に到着してしまいました。

馬車がゴトリと音を立てて止まり、わたくしは俯《うつむ》いてキュッと身を強張《こわば》らせました。

ここから出た瞬間、わたくしの新しい生活は始まるのです。

「お嬢さま……」

窓の外を見たリデアが小さく声を上げました。

そこにはどのような光景が広がっているのでしょうか？

恐る恐る顔を上げて窓の外に目をやると、思わず息を呑む光景がありました。

厳《いか》めしい石造りの城の前には、颯爽《さっそう》と一列に並ぶ黒い服の騎士たちがいます。その向こうには、銀の鎧に身を包んだ兵士たちの姿が続いています。

その奥には使用人たちが何列にも並んでこちらに向かって頭を下げておりました。

彼らの先頭に立つのは銀の髪に青い瞳をした、白い騎士服の男性です。

スラリと背の高いその男性は、わたくしたちに気付いてこちらに近づいてきました。

緩く三つ編みにした髪が風になびいて、ほつれこぼれた髪が銀色にきらめいています。

鍛えられた体を強調するように施された金のモールが白い騎士服の上で輝き、ただ歩いてくるだけなのに、その姿には神々しさすら感じます。

この方がアレクサンドロ・コルネリア辺境伯さまなのでしょうか？

馬車の扉が静かに開き、青い瞳がまっすぐわたくしを捉えました。

わたくしと目が合うと、彼の鼻筋のスッと通った整った顔がゆっくりと笑みに染まっていきます。

その表情の変化は鮮やかで、まるで彫刻に命が宿ったよう。わたくしは奇跡を目の当たりにしたような衝撃を受けました。

その衝撃。心臓直撃。わたくしは一目で恋に落ちました。

「私はアレクサンドロ・コルネリア。この領の主です。遠路はるばるようこそいらっしゃいました」

わたくしは頭が真っ白になって言葉が上手く出てきません。ピンチです。

しかし淑女たるもの、動揺のあまり挨拶がおろそかになりました、などという不作法は許されません。

特に第一印象は大切です。がんばるのよ、クラウディア。

「馬車の中より失礼いたします。わたくしはクラウディア・エクスタイン。エクスタイン公爵の娘でございます。王令により参りました。どうぞよろしくお願いしたく存じます」

「事情は承知しております。まずは中へどうぞ。お手を」

わたくしはお礼を言い、差し出された大きな手の上にそっと手を重ねます。

少し日に焼けた肌の上にあるわたくしの手は、とても小さく白く見えます。弱々しく貧弱に見えなければいいのですが。辺境伯さまはどのような女性がお好みなのか、気になります。

馬車から降りて隣に立つと、辺境伯さまの顔は見上げる形になります。

大男という印象を受けないのは、辺境伯さまの体躯がスラリとしていてバランスが良いせいでしょうか、それとも美しい笑みのせいでしょうか。

圧迫感などない柔らかな印象の男性です。彼が側にいると安心できる気がします。

「この度はご迷惑をおかけしてしまい申し訳ありません」

「いえいえ。不測の事態に備えるのは我らの務めです。有事の際にはすぐ動けるようにしておかねばなりませんので、良い訓練になりました」

辺境伯さまは、にっこりと笑みを浮かべました。見目麗しく逞《たくま》しく、優しくて仕事もできる高位男性貴族。

わたくしはもしかしたら、とてもラッキーなのかもしれません。

「それに、エクスタイン公爵からいただいた書状で事情は把握しております。貴女《あなた》に非はありません」

ええ、そうですとも。すべてはバカの代名詞となりつつある王太子殿下のせいです。

「ですが、ご迷惑でしょう?」

「そんなことはありませんよ。こんなに美しいお嬢さんを我が家にお招きできるのは光栄なことです」

そう言いながら辺境伯さまは、わたくしにきらめく笑みを向けます。

「……っ」

息が止まるかと思うほどの衝撃。わたくしの心は決まりました。

白い結婚？

いいえ、この方はわたくしのモノです。

絶対誰にも差し上げません。

よろしくて？　よろしいわよね！

◇◆◇

「まぁ素敵」

わたくしは辺境伯邸に一歩足を踏み入れて、思わず感嘆の声を上げました。

はしたない、と思われたら辛いけれど、声を上げてしまうほどの意外性があったのですから仕方ありません。

辺境伯邸は、外から見ると堅牢《けんろう》でしたが、内装は清雅《せいが》という造りになっていました。

城内は厳《いか》めしい外見とは違い、とても居心地が良さそうです。

「王都住まいのご令嬢には我が家は質素かもしれません」

「いえ、そのようなことはございませんわ。上品で無駄なく、素敵なお住まいです」

「そう言っていただけてありがたいです」

「だって本当のことですもの」

辺境伯邸には、華やかな王宮とはまた違った趣《おもむき》があります。

歴代当主の肖像画などお馴染《なじ》みの物は並んでいますし、あちらこちらに豪奢《ごうしゃ》な花瓶などが飾られていました。

しかし、これ見よがしの成金趣味などではなくて、いたって上品。禁欲的とまではいかない余裕と過美ではない装飾が静謐《せいひつ》な環境を作り上げていて、穏やかな心地好さを感じさせます。

清雅《せいが》な内装を眺めながらその意味に思いを馳《は》せれば、血で血を洗う戦いに思い至り心が痛みます。

我が国は平和を永く維持してはいますが、過去には近隣諸国との戦いもありました。

いざという時には即時対応しなければいけない辺境伯領において、王都のような浮かれた装飾など無意味なのでしょう。

わたくしは無駄なく心地好い空間に、コルネリア辺境伯家の清廉な高潔さを感じました。

「紹介します」

辺境伯さまの穏やかな声にわたくしは現実に引き戻されました。

危ない、危ない。うっかり者のレッテルを貼られるところでした。

「我が家の執事、セバスチャンです」

「どうぞよろしくお願いいたします。御用があれば私が伺いますので遠慮なくお申し付けください」

そこには事前情報通りの人物、細マッチョな高齢男性の姿がありました。

「わかったわ。よろしくお願いね、セバスチャン」

白髪をキッチリまとめた高齢の執事は、綺麗な所作でわたくしに頭を下げました。

年齢を重ねると殿方であっても、よろついたり姿勢が悪くなったりするものです。

ですがセバスチャンはシャンとしていて姿勢もよく動きにもキレがあります。高齢でも頼り甲斐がありそうです。

よく見ると、周りにいる護衛だけでなく使用人含めて、そこはかとなく動きにキレがあってテキパキと働いています。

王都の使用人たちも働き者ですが、余裕がなく必死に働いている印象は否めません。

その点、辺境伯邸では使用人の動きにまったく無理がなくスムーズで余裕すら感じられます。

もしや、これが噂の……筋肉の力《マッチョパワー》なのでしょうか。

使用人同士も仲が良さそうで、見ているだけでとても気持ちが良いです。これが筋肉の力《マッチョパワー》なのだとしたら、侮《あなど》れません。

◇◆◇

「こちらのお部屋をお使いください。続きになっている小さなお部屋がありますので、侍女さまはそちらをお使いください」

「ありがとう、セバスチャン」

案内された部屋は白とベージュが基調の上品なお部屋。わたくしはソファに腰をおろしました。

「こちらがお嬢さまのお部屋ということでしょうか？」

「いいえ、侍女さま。奥さま用のお部屋のほうも準備は整っております。白い結婚とお聞きしましたので寝室はこちらにご用意させていただきました」

どこか鋭さを感じさせるリデアの言葉に何かを察したのか、セバスチャンは表情を引き締めて即座に否定しました。

これを聞いたリデアはゆっくりと表情を緩めて静かにうなずきます。

「私のことはリデアとお呼びください。さま呼びもお止めください」

「では、リデアさんとお呼びしますね」

こうして二人は改めて挨拶を交わしました。使用人同士の意思疎通も大切ですから、相性が悪くなさそうで良かったです。

「日中は奥さま用のお部屋でお過ごしいただけるように整えてございますので、使われます際には使用人にお声がけください」

「承知いたしました」

リデアは満足そうにうなずきます。

「では失礼いたします。ごゆるりとおくつろぎくださいませ」

美しい礼をとったセバスチャンが颯爽《さっそう》と去っていくのを見送って、わたくしとリデアは顔を見合わせました。

「良かったですわね、お嬢さま」

「ご迷惑をおかけするのは心苦しいですが、歓迎してもらえたなら嬉しいわ」

「うふふ」

「あら、なに？　意味深に笑ったりして」

荷物を片付け始めたリデアが上機嫌な様子なので、わたくしは不思議に思い問いかけます。

「お嬢さま。辺境伯さまに一目惚れなさったでしょ？」

返ってきた指摘が的確すぎて、わたくしは焦ってしまいました。

「あっ、あら。あ……そんな……」

「ふふふ。真っ赤になられて可愛らしいですわ」

テキパキと動きながら楽しそうに話すリデアに対して、わたくしはソファの上で焦るだけ。少々間抜けです。

「ぅうっ……もうっ。そんなことを言うのはリデアだけよ？」

「ふふふ。私はお嬢さまのことを理解していますから」

リデアにしっかりと心の内を読まれてしまったようです。恥ずかしいっ。

「いいではありませんか。白い結婚といっても、好ましくない方よりも好ましい方のほうがいいですし、辺境伯であれば公爵令嬢であるお嬢さまのお相手として相応《ふさわ》しいですもの。白い結婚ではなく、本当に結婚なさっても問題ありませんわ」

「まぁ……まぁ、リデアったら、はしたないですわよっ！」

わたくしは顔が熱くなってしまって、扇子《せんす》を取り出しました。白檀の要《かなめ》に下がる房飾りも素敵なデザインの扇子《せんす》です。

パタパタと扇ぐたびに上品な白檀の香りがほのかにして、心が落ち着いてきます。

「素敵でしたよね、辺境伯さま。青みを帯びた長い銀髪に澄《す》んだ青い瞳。彫刻のように整ったお顔。スラッと背が高く、動きも優雅かつキレがあって……あぁ、早くお嬢さまと盛装で並んだお姿を見てみたいですわ」

「もう、リデアったら……」

でも、辺境伯さまが素敵なのは本当です。

「こちらの部屋がお嬢さまの部屋になると言われたら、どうしようかと思いましたが……」

「素敵なお部屋だけど、明らかに客室ですものね」

「お嬢さまはお客さまではありませんもの。白い結婚だとしても奥さま用のお部屋がなくてはいけません」

「まぁ、リデアったら」

気が早い、と言おうとしましたが、冷静に考えてみたら少しも早くないことに気付いてしまいました。王令は婚姻を求めるものでしたから。ええ、はっきり婚姻となっていました。婚約ではなく、婚姻。

「……お嬢さま」

「なぁに？　リデア」

「お顔が少し……だらしなくなっていらっしゃいます」

あら、いやだ。わたくしとしたことが。恥ずかしい。

◇◆◇

「辺境伯領の田舎《いなか》料理ですから、王都住まいの方のお口に合うかどうかわかりませんが……」

「ありがとうございます。辺境伯領の田舎《いなか》料理だなんて御謙遜を。とても楽しみですわ」

辺境伯さまは、キチンとしていながらも動きやすそうなディナージャケットを羽織り、トラウザーズ姿で食堂に現れました。

黒に近い紺色のディナージャケットは光沢があり、シャンデリアの光を反射しています。

淡い青を潜ませた銀髪と合っていて、よくお似合いです。

広い広い食堂にポツンと用意されたのは十人ほど座ることができる長テーブル。わたくしと辺境伯さまは各々その両端の席に座っての食事です。

温かなお人柄を感じさせる青い瞳と視線が合うと心臓がトクンと跳ねます。とても素敵。

手が届く距離というわけではありませんが、真正面に見える辺境伯さまの姿が思っていたよりも近く感じて……ドキドキしてしまいます。

爽やかな美しい笑顔を浮かべた辺境伯さまが、穏やかに響く耳触りの良い声で話しかけてきました。

「素敵なドレスですね。よくお似合いです。お美しい」

「まぁ、嬉しいですわ。ありがとうございます」

彼に言われると恥ずかしくなって、頬が熱くなってきました。

今夜のドレスは、わたくしの瞳の色に合わせた緑色の地に金の刺繍《ししゅう》をふんだんに入れたものです。

露出とボリュームを抑えたスレンダーなラインの品のいいものですが、華やかさには欠けます。

とはいえ今夜は、晩餐会《ばんさんかい》ではなく普通の夕食。わたくしの訪問は予期せぬものでしたから仕方ありません。そんな場で、いきなりプリンセスラインの豪華なドレスを選ぶのも場違いです。

「食前酒はいかがですか？」

辺境伯さまが慣れた様子で聞いてきます。

「わたくし、成人はしておりますが、お酒はまだ控えておりますの」

「そうですか。では、葡萄《ぶどう》のジュースを用意しましょう。地元で採《と》れた美味《おい》しい葡萄《ぶどう》で作ったジュースがあるのですよ」

「それは楽しみですわ」

和《なご》やかに話をしていると、給仕の手によりわたくしの前に前菜が静かに置かれました。

「あら、可愛らしい」

「ご令嬢のイメージに合わせて作らせました」

「まぁ……わたくし、こんなイメージですの？」

「喜んでいただけたようで何よりです」

お皿の上には薄くスライスしたキュウリがハート形に置かれ、その上に魚卵やエビが載ったチーズが彩りよく配されています。

お花のように飾られているのは生ハムにサーモンかしら。可愛らしく置かれたプチトマトの間にも何かが挟まっているようです。

わたくしはプチトマトにナイフを入れて口に運びます。プチトマトの間に入っていたのはクリームチーズでした。

「まぁ、美味《おい》しい！」

「お口にあったなら何よりです、ご令嬢」

辺境伯さまはわたくしのことを名前では呼んでくれていません。

ここは押すべきところよね？　わたくしは背後に控えるリデアにさりげなく視線で確認します。

リデアはコックリとうなずきました。押すべきところのようです。

「辺境伯さま。よろしければ、わたくしのことはクラウディアとお呼びくださいませ」

辺境伯さまの表情が少し強張《こわば》ったような気がします。気に障ったのでしょうか。

……いえ、違いますね。耳が少しだけ赤くなっていますから。

「……ん、うほぉんっ。では、クラウディアさまとお呼びしますね」

「はい」

「では。私のことは、アレクサンドロと名前でお呼びください」

「はい。アレクサンドロさま」

にっこりと笑みを浮かべて返すと、アレクサンドロさまは息を呑み、さらに赤くなります。

思わず笑みがこぼれます。これは、いけます。いけそうですわよ、クラウディア！

心でガッツポーズをとりながら、給仕が持ってきてくれた葡萄《ぶどう》ジュースを一口、いただきます。

あら、本当に美味《おい》しい。もしかしなくても、辺境伯領には美味《おい》しいものがたくさんありそうです。

ここは貿易の拠点でもありますから、輸入品もいろいろと揃うのでしょう。

それらを覚えて彼の役に立ちたいです。白い結婚であれ、辺境伯夫人になるのであれば、お飾りでいる気などありません。

今まで得た知識とわたくしの知恵を存分に使って、辺境伯領の役に立ちたいのです。

辺境伯邸の食堂はとても広くて、お客様をおもてなしする機会が多いことが窺《うかが》えます。

ここに来る道中、街で庶民向けの食堂などはたくさん見かけましたけれど、貴族のためのホテルやレストランは見かけませんでしたし。

「もしかして、お客さまのおもてなしをする機会が多いのではありませんか？」

「なぜ、そのように思われたのですか？」

「ここに来る途中、庶民向けの宿泊施設はたくさん見かけましたけれど、貴族向けのものは数が少ないように感じましたの。もしかして貴族の方々は、このお屋敷に宿泊されるのではありませんか？」

　そうであれば、わたくしは辺境伯夫人として、客人の方々をおもてなしするという役割を求められるでしょう。

「たまに我が家で過ごされる貴族の方はいらっしゃいますけれども、そこまで多いわけではありません。なにせ、辺境伯領ですからね」

　ふふふと笑うアレクサンドロさまの目じりに浮かぶシワが、優しそうで素敵です。

　お年を召した方はシワを気にされますけれど、辺境伯さまのシワは表情に華を添える装飾品のように感じます。わたくしはポワンとしてうっとり見とれてしまいました。

「今回のことは、貴女《あなた》にはご迷惑だったでしょうね」

「えっ？　何をおっしゃいますの？　そのようなことはありませんわ」

　わたくしは心の底から驚いて、変な声が出てしまいそうになりました。

「王都にお住まいの方から見たら、我が領地であるコルネリア辺境伯領は退屈な田舎《いなか》なのではないですか？」

「そんなことはありませんわ。街は賑やかで楽しそうですもの」

　辺境伯さまの表情は真面目そのものなので、本当にそう思われているようです。

「ありがとうございます。ですが、白い結婚とはいえ二十歳も年が違う男のもとへ嫁がされるなどお嫌だったでしょう」

「あら、二十歳違いなんて覚えやすくていいではありませんか。キリもいいですし」

ここは、わたくしが年の差など気にしていないことをハッキリと伝えておくべきでしょう。

「私は貴族たちの間で評判も良くないし、顔に太刀傷《たちきず》もありますしね」

「誰かを守るために負った傷が醜いわけがありませんわ。しかも、すでに薄くなっていて目立たないではありませんか」

それに太刀傷《たちきず》ごときがアレクサンドロさまの美しさを毀損《きそん》することなどできません。

造形の美しさだけではなく、内側から立ち上ってくる何か……おそらく人柄というものでしょうか、それがとても素敵です。

わたくしは、それをどこから感じているのでしょうか。

表情か、所作なのか。それとも、もっと別の何かから？

そんなことを考えていたら、アレクサンドロさまが意外なことをおっしゃいました。

「貴女《あなた》は次期王妃としての教育も受けていらっしゃる優秀な方なので、私などにはもったいない。エクスタイン公爵が白い結婚を提案してくださってよかったです」

「……え？」

アレクサンドロさま、いま何とおっしゃいまして？

「白い結婚にしておけば、問題解決後の貴女《あなた》は自由の身。私などに縛られず、もっと釣り合いのとれた方のもとへ嫁げますよ」

アレクサンドロさまの良いお声が、わたくしに残酷なことを告げます。謙虚は美徳ではありますが、過ぎれば残酷です。

これは……わたくし、勝負に出なければいけません。自分の表情がスッと抜けていくのがわかりました。

「お断りいたしますわ」

わたくしの意思よりも少し冷たい声になってしまいました。

そのことを気にしつつも笑みを浮かべ、わたくしは居住まいを正してアレクサンドロさまをじっと見つめます。

アレクサンドロさまは困惑したように眉尻を下げています。どうやら女性相手の社交は慣れていないようです。

「わたくしは、実家に逃げ帰るつもりなどありませんし、ましてや他の家に嫁ぐことなど考えておりません」

わたくしの貴族らしさが出てしまいました。いけない、いけない。しかし、女たるもの戦うべき時には徹底的に戦うべきです。

「あなたの妻となるべくこの地へ来たのです。その決意を曲げるわけにはいきませんわ」

ライネルさまやお父さまの思惑がどうであれ、わたくしはアレクサンドロさまの妻になりたいのです。

だからといって「貴方のことが好きになってしまったので、本当の妻になりたいのです」などと、わたくしの口から伝えるわけにはいきません。

はしたない真似《まね》をせずに、すんなりと結婚に持ち込むには、どうすればよいのでしょうか？

……ああ、どう動くのが公爵令嬢として正しく相応《ふさわ》しいのかわかりません。

わたくしの混乱になど気付かないアレクサンドロさまは、冷静に言葉を紡ぎます。

「だが、貴女《あなた》は若く、美しい。私などにはもったいない。そんな貴女《あなた》を縛りつけるような残酷な真《ま》似《ね》、私にはできません」

アレクサンドロさまの態度は誠実です。だからこそ、わたくしの声は思わず尖ってしまうのです。

「それはアレクサンドロさまがご心配なされるようなことではありません」

「ですが、形だけの結婚にしておいたほうが、貴女《あなた》のためです」

表情を見るに、アレクサンドロさまは本気のようです。ですが、冗談ではありません。

わたくしは、一目で恋に落ちたのです。惚れてしまったのです。離れるなんて嫌です。ずっと一緒にいたいのです。

「心配はご無用です」

「しかし……」

大人らしい分別のある表情を浮かべたアレクサンドロさまは、意見を変えてくれません。そんな彼に業を煮やしたわたくしは、切り札を出しました。

「王令には従わなくてはいけません。陛下には何か思惑があるのかもしれませんわ」

「それでしたら、白い結婚でも問題はないのでは？」

手詰まりです。

「アレクサンドロさま……わたくしが、お嫌いなのですか？」

情に訴えかけてみましょう。

「……貴女《あなた》が、ということではありません」

先ほどよりももっと眉尻を下げて困惑の表情を浮かべているものの、大人の返しです。ここは、もう少し攻めてみましょう。

「では、それはどういった……」

「私は結婚に向いていない男なのです。そんな男を、貴女《あなた》のような素敵な方に押しつけるなどできません」

「そんな……」

アレクサンドロさまが意外なことを言い出しました。結婚に関して、何か苦い思い出でもおありなのでしょうか。

表情から察するに誠実さから出た発言のようなのですが、そのような情報は何も掴んではいません。

「わかってください、ご令嬢」

「……」

ああ、呼び方も他人行儀なものになってしまいました。がっかりした気分を隠して返事をするのは無理そうなので黙ります。

ですが、わたくしは何としてでも、本当の結婚をさせていただきます！

絶対に、離れませんから！

◇◆◇

「はぁ、よく寝たわ」

翌朝、わたくしは客室のベッドに寝転がったまま大きく伸びをしました。

見慣れない天井が少し高く、少し心細く感じるのは、きっと気のせいです。

アレクサンドロさまの衝撃発言のあと、わたくしはメイン料理はもちろん、デザートまでしっかりいただきました。

戦いのためには体力が必要です。体力を維持するためには食事は大切です。

そして辺境伯領の食事はわたくしの口に合うと確信しました。残す理由がありません。

ステーキの焼き加減がわたくし好みで美味《おい》しかったです。

デザートはスフレ。スフレって実際に作ってみるとすぐにクシュッとなってしまって難しいのですが、見た目もよく味も美味《おい》しかったです。

パティシエの腕が良いのか、給仕のほうがスピーディなのか、いずれにせよスフレはクシュッとなる前にいただけました。

もっとも、辺境伯家にパティシエがいるかどうかまでは確認することは叶いませんでした。

白い結婚であるという確認があったあとは、とても静かな夕食となってしまったからです。

また、睡眠もしっかりとりました。わたくしは王妃教育やら王太子の公務サポートやらで、慢性的な睡眠不足でした。

辺境伯領までの旅でも気付かないうちに疲れを溜めていたようなので、十分な休息が必要です。

ライネルさまの嫌がらせで手にしたアレクサンドロさまの妻になるチャンスを、白い結婚で台無しにしたくはありません。

白い結婚から本当の結婚へとするには、どう動けばよいのでしょうか？

わたくしは今まで取り組んだことのない、一世一代の大勝負に勝たなければならない局面を迎えています。

力を蓄えてスッキリとした思考で臨まなければ、幸せな未来を切り開くことはできません。

このチャンス、必ずやモノにしてみせます。

「お目覚めですか？　お嬢さま。おはようございます」

「ええ。おはよう、リデア」

わたくしが上半身をがばりと起こすと、急に起き上がったことに驚いたのかリデアの肩がビクッと跳ねあがりました。

珍しいこともあるものです。

「ねぇ、リデア。わたくし、アレクサンドロさまの情報がもっと欲しいの」

「辺境伯さまの情報をもっと、ですか？」

情報収集力を誇る優秀な侍女は、少し困惑した表情を浮かべてこちらを見ています。

彼女の仕事に不満があるわけではありません。一般的な話であれば今日までに得た情報で十分です。

「ええ、そうよ。あなたが集めた情報に不満があるわけではないの。でもアレクサンドロさまにお気持ちを変えてもらうには、もっと情報があったほうがやりやすいと思うのよ」

昨夜の様子から察するに、何か秘密がありそうな方です。

「そうでございますか。過去を調べたり……とかでしょうか？」

「ええ。アレクサンドロさまの過去よ。主に女性関係」

「女性関係……ですか？」

リデアが困ったように眉尻を下げました。

「そうよ。だってアレクサンドロさまは辺境伯なのですもの。あのお年で結婚されていないほうがおかしいわ。婚約者くらいいたはずよ。その辺の事情を調べてほしいの」

「殿方の過去など探らないほうが淑女にとって幸せだと思いますが……その必要があると、お嬢さまはお思いなのですね？」

「ええ、そうよ」

何の事情もなく『私は、結婚に向いていない男なのです』などという言葉は出てこないはずです。何があってあのような発言をするに至ったのか、わたくしは知りたいのです。

リデアはわたくしの様子を見て、キュッと表情を引き締めるとコクリとうなずきました。

「わかりました。侍女ネットワークを使って調べてみますね」

「よろしくお願いね」

さすがリデア、頼りになります。

「ですがその前に、お支度をお手伝いしますね」

「わかっているわ」

どんな時でもやるべきところをやってからお願いを聞いてくれる、優秀な侍女です。うふふ。リデア、大好き。

◇◆◇

「どうしたの？　リデア」

数時間後、リデアが昼ご飯の載ったワゴンを押しながら客間に入ってきましたが、何だか表情が冴《さ》えません。

「お嬢さま……私、スランプかもしれません」

「あら。体調でも悪いの？」

珍しいこともあるものね。リデアを覗きこむと優秀な侍女は首を横に振りました。

「侍女ネットワークを使った情報収集については自信があったのですが……」

「ええ。リデアの情報収集能力は素晴らしくてよ？」

「ですが、辺境伯さまの過去に関する情報、特に女性関係の情報が集められないのです」

「まぁ！」

あら大変。リデアは相当、落ち込んでいるようです。こんなに意気消沈した彼女を見るのは初めてで、わたくしも困ってしまいました。

「辺境伯さまの評判についてはスムーズに入手できましたので、女性関係の情報についても簡単に手に入ると思っていたのですが……」

「いいのよ、リデア。そんなにしょげないで。あなたが頼りになることを知っているわ」

わたくしは慰めたつもりなのですが、リデアの表情は苦しげに歪んでしまいました。

「肝心な時にお嬢さまの信頼へお応えすることができず、申し訳ありません」

「深刻に受け止めることはなくてよ？　何か事情があるのかもしれないわ」

その事情に興味があることは、今はあえて触れません。

「そうかもしれません。辺境伯さまのお人柄や領地経営に関する手腕など良い評判については簡単に入手できるのです。本当に皆さん、辺境伯さまがお好きなようで。口々に褒めますのよ」

「それは良いことね」

やはりアレクサンドロさまは優秀で人望の厚い方のようです。

「お嬢さまへの売り込みもすごいのですよ。辺境伯さまは良い方だから安心して嫁いでください、と何人もの方から言われました」

それは嬉しい報告です。

「お嬢さまに対しても好印象をお持ちの方が多く、辺境伯夫人になられるのを楽しみにしておりますとお伝えください、と色々な方から言付かっております」

「あら！」

わたくし、皆の期待に応えられるよう頑張らなくてはいけませんわね。

「総合して考えると、辺境伯さまの評判は良く、お嬢さまも歓迎されています。ですが皆さん、辺境伯さまの過去には触れるな、みたいな感じなのです」

「だとすると、なおさら辺境伯さまの過去が知りたくなるわね」

「そうでございましょう？　使用人というのは、信頼してお仕えするに値する主人に対しては忠実です。良いことであれば口が軽くなり、悪いことになればなるほど口が堅くなるものです。だから、余計に気になります」

「そうね、そうね。だとしたら、どのような秘密があるのかしら？　恥ずかしいこと？」

わたくしがピヨコと首をひねると、リデアは小さく首を横に振ります。

「誰かに脅されたり女性に騙されたり、といった不名誉な過去の場合には、その相手への悪口から情報を得ることができますよね？」

「これだけ良い領民ですから、人の好いアレクサンドロさまを騙したというお話なら、逆に黙っていないで相手を悪く言いそうですわね」

「でも相手女性の悪口も出てきませんの。不思議ですわ。お相手がいないならいないで『旦那さまを選ばないなんて世の女性たちは見る目がないな』くらいのお話は出てくるものですが……」

うーん。わかりません。

アレクサンドロさまは、美しくて優秀で信頼も厚く、強くて頼り甲斐があって優しくて美しいというのはわかります。

隠さなければいけない過去というものがあるとは思えない、人の好さも感じるお方なのです。

「ねぇ、悩んでいても始まらないわ。今日は一緒に昼食を食べましょうよ、リデア」

「良いのですか？」

「たまのことですもの。許されるわよ、このくらい」

リデアは侍女という『職業』には就いていますが、『伯爵令嬢』でありわたくしの『親友』でもあるのです。

「そうでしょうか？」

「わたくしが決めたのだから大丈夫。それに……」

「何ですか、お嬢さま？」

「わたくしはもう、未来の王妃でも国母でもないのだから、もっと気楽に生きていいのではなくって？」

これが一番の理由です。重責を担うお役目から解放されたのですから、もっと人生、楽しみたいのです！

わたくしの顔を見てリデアが噴き出しました。

「うふふ。もう、お嬢さまったら」

わたくし、どのような表情をしていたのかしら？　ちょっとそう思ってしまいましたが、わたくしも何だか楽しくなってしまったので一緒に笑います。

「うふふ。ねぇ、リデア。今日はお隣に座ってちょうだいな。二人で一緒に、まるで姉妹みたいに食べましょうよ」

「……はい。お嬢さま」

わたくしのことを想って一生懸命に動いてくれるリデア。

あなたはわたくしのことを自分のことのように……いえ、自分のことよりも真剣にわたくしのことを考えてくれます。

この辺境伯領でリデアと一緒に幸せな未来を手に入れることができたら嬉しいのですが、どうでしょうか。

◇◆◇

「情報が集まりませんわね」

「申し訳ございません。私が至らぬばかりに」

「いいのよ、リデア。あなたのせいではないわ」

とは言うものの、わたくしは少しだけ、少しだけですが焦っていました。

辺境伯領に到着して数日が過ぎましたけれど、わたくしは相変わらず客室で過ごしています。

初日にして名前で呼び合う関係になったアレクサンドロさまとの仲も、ご令嬢呼びに後退したままです。貴族社会の泳ぎ方であればそれなりに自信がありますが、あいにく恋愛に関してはからきしです。

だって幼少時から婚約者がいたのです。しかも相手は王太子ですから、よそ見は厳禁。恋愛なんて禁断です。

だからといってこのままでもいけません。リデアと二人して考えこんでいた、そんな時、トントンと入り口を叩く音がしました。

「誰かいらっしゃいましたね」

リデアがドアに向かっていきます。どなたでしょうか。

辺境伯領に来てから数日が過ぎましたが社交する機会などはなかったですし、わたくしは王太子から婚約破棄をされた身ですから、あえて相手にしたい物好きな方もいないでしょう。

あら、いけない。ちょっと気持ちが卑屈になっています。

「お嬢さま。辺境伯さまの侍従であるサムさんがいらっしゃっていますが、いかがいたしましょうか？」

「まぁ、何の御用かしら？」

サムと言うと、アレクサンドロさまの侍従をしている、茶色の髪に茶色の目をした人柄の良さそうな細マッチョの青年よね。辺境伯領の方は本当にマッチョが多いです。

「辺境伯さまに関するお話だそうです」

「ぜひお通しして」

ちょっと食い気味に反応してしまいました。ついにアレクサンドロさまの過去についての情報が手に入るのでしょうか。

わたくしの胸は期待で高鳴ります。

「おくつろぎのところ、お邪魔いたします。お嬢さま」

「よろしくてよ。辺境伯さまに関するお話は、いつでも歓迎いたしますわ」

サムは礼儀正しく一礼して部屋に入ってきます。穏やかそうな青年で、年齢はリデアの少し上くらいに見えます。

たしか将来はセバスチャンに代わり、執事としてアレクサンドロさまをお支えしていく予定なのだとか。

アレクサンドロさまを妻として支えたいわたくしとしては、味方につけておきたいです。

「ありがとうございます。主人のことを気にかけてくださる方が現れて、使用人として心から嬉しいです」

「まぁ。そのように思っていただけるなんて、わたくしも嬉しいですわ」

アレクサンドロさまは本当に慕われているのね。微笑ましく思いながらも、わたくしは問いかけます。

「それで、辺境伯さまに関するお話とは？」

「はい。リデアさんにお聞きしましたが、アレクサンドロさまの過去をお知りになりたいとか」

「ええ、そうですの。皆さん口が堅いらしくて……あなたは、その理由をご存じ？」

「はい」

そう言い、サムは頷きます。

ああ、嬉しい。いよいよアレクサンドロさまの過去を知ることができます。

期待に胸膨らませるわたくしの前で、サムは口を開きました。

「アレクサンドロさまは十八歳の時、隣国の傭兵崩れの盗賊に襲われました。その時、ご両親と婚約者さまを殺されたのです。顔に残っている太刀傷《たちきず》も、その時のものです」

わたくしは息を呑みました。想像よりもかなり深刻な過去だったからです。今わたくし、絶望を感じています。

何をどうしたら、お亡くなりになった婚約者さまに対抗できるのでしょうか。わたくしには何一つ浮かびません。

「えっと……詳しいお話を、お聞きできるかしら？」

思い出の中の人を超えることは難しいです。だからといって逃げ出すわけにはいきません。恋に落ちてしまったのですから踏ん張ります。

「二十年前のことになります。そのころの辺境伯領は荒れていて、今とはまったく様子が違いました。三十年ほど前まで隣国との戦争が続いていたのは、ご存じですよね？」

「ええ」

王妃教育の一環として教わりました。

「戦争が終わった、といってもすぐに平穏になったわけではなく、戦争に駆り出されていた傭兵崩れが盗賊としていつき、ひどいありさまだったそうです」

わたくしが生まれる前のことですから想像しかできませんが、大変だったことでしょう。

「そこで先代の辺境伯さま、今の辺境伯であるアレクサンドロさまのお父さまですが、先代さまが国境付近の盗賊どもを一掃したのです。そうして辺境伯領は平和になり、次はアレクサンドロさまに妻を迎えようとなったのですが……そこを盗賊の残党どもに狙われてしまったのです」

わたくしは再び息を呑みました。

功績を上げれば褒め称えられますが、それだけでは済みません。必ずどこかで恨みを買うことになります。

そしてやはり、アレクサンドロさまには結婚の予定があったようです。私が生まれる前のことではありますが。

「当時、アレクサンドロさまは十八歳。婚約者であるマリーベルさまは十六歳。馬車にご両親と共に乗っているところを襲われ……」

十六歳!?　今のわたくしよりも、お若い方ではありませんか。

「アレクサンドロさまは自ら剣を振るって戦ったのですが……傷を負って崖下に転落してしまい、身動きできず手も足も出ない状態となってしまったそうです。先代さまも応戦されたそうですが、先の戦いで左手が不自由になっておられたそうで歯が立たず、結果としてご両親と婚約者さまはお亡くなりになったそうです」

言葉が出てきません。悲劇です。

ご苦労されて明るい未来が見えてきた矢先のこと。前辺境伯ご夫妻は、さぞや無念であったことでしょう。

そしてマリーベルさま。まだお若かったのに幸せを前にして未来を断たれてしまうなんて、なんと残酷な。察するに余りあります。

「その間。崖下で意識のあったアレクサンドロさまは、すべてを聞いていたそうなのです……」

「……っ！」

なんてこと。なんてこと！

怪我をして何もできないまま、冷たい崖の下で切り裂かれるご両親と婚約者さまの声を聞き、その気配を感じていたなんて。

無念でしたでしょう。お辛かったでしょう。ああ、なんてこと。

「唯一生き残ったアレクサンドロさまは、様子を見にきた護衛騎士たちに助けられ命をとりとめました。アレクサンドロさま御自身の傷も深く、動けるようになるまで三ヶ月以上を要したと聞いております」

「重傷だったのですね」

「はい。ですがアレクサンドロさまは傷が癒えて辺境伯になられるとすぐに動きだし、治安の悪かった辺境伯領を改革された。いまは治安の良い辺境伯領ですが昔からではありません。アレクサンドロさまのお力によるものです。当時の領民たちは皆、事件のことを知っていますし子や孫にまで語り継いでいます。ですが、アレクサンドロさまの心中を慮《おもんぱか》り、第三者には漏らしません」

言葉もありません。だから情報が手に入らなかったのね。

領民はアレクサンドロさまのお気持ちに寄り添い口をつぐんでいた。アレクサンドロさまは、それだけ彼らに慕われている『辺境伯さま』なのです。

「アレクサンドロさまは、治安を良くする過程で体を鍛えることを推奨しました。自分で自分の身を守れるように、大切な人を守れるように。だから辺境伯領の領民は健康で強く逞《たくま》しい。過去の悲劇から辺境伯領を良くし、領民を支えたのはアレクサンドロさまです。だからこそ、私たちはアレクサンドロさまに幸せになってほしいのです」

　領民たちに幸せを願われている。そんな領主冥利に尽きることってあるでしょうか。

　こんなに素晴らしい領主さまがいらっしゃるなんて、とても素敵なことです。

　そこでわたくしの中に疑問が湧きました。わたくしは、アレクサンドロさまの傍らに立つに相応《ふさわ》しい人間なのでしょうか。

「ですが、あの方は自らが幸せになろうとはしない。まだ罰していらっしゃるのです。ご両親や婚約者さまを守れなかった自分を」

「えっ？　だって、アレクサンドロさまが悪いわけでは……」

「おっしゃる通りです。アレクサンドロさまが悪いわけではありません。たとえ罪があったとしても、それをあがなって余りある功績を、あの方はあげておられます」

　領民たちはアレクサンドロさまのために口をつぐみ、幸せを願っている。なのに、アレクサンドロさま自身は、まだ自分を罰しているのです。

　わたくしに、罪の意識に苦しむアレクサンドロさまを救い出す役割を期待しているのでしょうか。

何をどう言えば良いものか言葉の浮かばないわたくしを、サムが真摯《しんし》な瞳で見ています。

「私はね、旦那さまは、そろそろご自分を幸せにするべき頃合いだと思うのですよ」

その瞳が何を言わんとしているのか、わたくしには痛いほどわかりました。

わたくしは、心が痛いです。この痛みは、どこから来ているものでしょうか。

「お嬢さま。アレクサンドロさまをお願いいたします」

そう言うとサムは深々と頭を下げ、客室を出ていきました。その背中にかける言葉など出てきません。

わたくしも、アレクサンドロさまの隣にいられたら、とは思います。

思いますが……果たしてわたくしで、良いのでしょうか。

◇◆◇

「リデア。お母さまの扇子《せんす》を出してくれるかしら？」

「はい。お嬢さま」

ベッドの上に横たわるわたくしに、リデアはそれを渡してくれました。

淡いブルーを基調とした細く小さなその箱は古びてはいますが、いつもわたくしの心を癒してくれます。

箱をそっと開けると、かすかにおしろいやパフュームといった淑女らしい香りを感じます。

象牙《ぞうげ》の骨にシルクを張った扇子《せんす》を取り出しそっと開くと、白いシルクの刺繍《ししゅう》地にはシミがあって流れた年月を感じます。

お母さまの面影が見えるようですが、わたくしは大事に大事にお腹の中で育ててくれた母を知りません。

産後、お母さまの体は回復せずに儚《はかな》くなってしまわれた。それでもわたくしは、お母さまの愛を疑ったことはありません。お父さまが繰り返しお母さまの想いを代弁してくれたからです。

わたくしは儚《はかな》くなられたお母さまの愛を、お父さまを通して知りました。

そして、お母さまのわたくしたちへの愛を語るお父さまの姿を通して、お父さまのお母さまへの愛を知ったのです。

お父さまはお母さまを失ったあとに新しい妻を娶《めと》ることなく、わたくしたちを育ててくれました。

わたくしは愛の何たるかを知っています。お父さまの姿を通して愛の何たるかを学びました。だからわたくしは思うのです。

「……無理だと思うの」

我ながら消え入りそうな声。

「亡くなった方にとって代わるなど、わたくしには無理だわ」

人は儚《はかな》くなれば消えてしまう。それは現実の世界では仕方のないことです。

しかし心の中から消え去ることは、生涯にわたって無理でしょう。

だって愛した人は存在していて、実際に共に過ごした時間があるのですから。

そこを消し去ろうとするのは、いま目の前にいる方の一部を削り取ろうとする行為です。

「わたくしには、無理……」

亡き婚約者さま、マリーベルさまにとって代わることなど無理です。わたくしにはできません。だからといってアレクサンドロさまを諦めることも無理です。だって、アレクサンドロさまを愛してしまったのですから。

わたくしは……どうしたらいいのかしら。

「お嬢さま」

リデアの優しい声と共に、わたくしの頬に何かが触れました。

「私は、嬉しいのです」

頬にあてられたタオルの感触で、わたくしは自分が涙を流していたことを知りました。

「お嬢さまは、いつも自分の中にすべて抱え込んで、一人で耐えて、一人で諦めることを決めてしまわれる」

見上げると、リデアはその赤い瞳に優しい慈愛を込めて、こちらを見つめています。

それは今まで見た彼女の表情の中で一番、美しいものでした。

「お嬢さまは、お強いです。その強さを私が恨みがましく思うほど、お強い。一人で耐えてすべてを呑みこんでしまわれる。物心がついてお母さまの死を教えられた時でさえ、嘆くことなくすんなり受け入れてしまわれた。悔しさや苦しさの涙でさえ一人で堪えて呑みこみ、前に進む。そんなお嬢さまの姿を歯がゆく思う気持ちが、私にはあったのです」

リデアの言葉は温かい。

「お嬢さまは、いつも一人で進まれる。お嬢さまが涙を流して苦しみ悲しむところを、私は初めて見ました。だからお嬢さま。私は嬉しいのです。その涙は、お嬢さまが本気で人を愛し始めた証なのですから」

あぁそうなのね。あなたは、そんな風に思ってくれるのね。

「アレクサンドロさまの心が手に入らないと諦める必要などありません。お嬢さまはアレクサンドロさまを求めて、欲してください。手を伸ばしてください。努力して、努力して、努力して。それでも、アレクサンドロさまの心が手に入らず、嘆くことになったとしても。最初から諦めてしまうよりは、良い人生のはずですわ」

「求めて……いいのね？」

「もちろんです。お嬢さまの今までの人生は諦めの連続でしたが、これからは違うのです。ここからようやくお嬢さまの人生が始まるのです。どのような結果になったとしても、これから先の時間はお嬢さま御自身のものです。お嬢さまの心は誰にも手出しできない、お嬢さまだけのものなのですよ」

「リデア……」

「私はお嬢様のお側におります。私はお嬢さまが幸せになるところが見たいのです。幸せなお嬢さまの隣で私も幸せになりたいのです。私のわがままを、どうぞ聞いてくださいませ。叶えてくださいませ」

気付くと、わたくしはリデアの腕の中にいて、彼女に強く強く、抱きしめられていました。

そこは、いままでいたどこよりも温かく居心地の良い場所。わたくしが手放したくない場所の一つでした。

◇◆◇

「んん～。よく寝たっ」

わたくしは伸びをしながら客室のベッドで目覚めました。

昨夜はリデアの腕の中で心ゆくまで泣きました。子どものように泣きじゃくって、最後にはなぜ泣いているのかわからない状態までいきました。

おかげで今日は朝からスッキリです。

アレクサンドロさまのことが好き。恋しているし、愛してもいきたい。

愛を返していただけるかどうかは関係ありません。それはアレクサンドロさまが決めることです。

わたくしはわたくしにできることをすればいい。

腹は決まったのであとは前に進むだけです。たっぷり眠ることができましたので、頭も体もシャンとしました。

これもリデアのおかげです。彼女は本当に頼りになりますから、ついてきてくれて良かったと改めて思います。

昨夜は部屋で夕食を摂《と》りましたが、こちらもしっかり味わいながらたっぷり食べました。

いただいた料理の中では魚料理が特に美味《おい》しかったです。

カリッと皮目を焼いた白身のお魚に黄色のソースがかかっていました。あれは、サフランのソースかしら。

わたくしの知っているサフランのソースとは味が違いましたから、輸入のスパイスか何か隠し味があったのかもしれません。

辺境伯家の料理人は優秀です。それは辺境伯家に人を見る目のある人物がいて仕切っていたという証でもあります。

わたくしは優秀な人材です。だから大丈夫。

王太子の暴走ではあれど、辺境伯アレクサンドロ・コルネリアさまの妻になれる、棚ぼた強運の持ち主です。だから大丈夫。

アレクサンドロさまのお心を得て真の伴侶となれるかどうか。それはわかりません。

アレクサンドロさまの心はアレクサンドロさま御自身のものだからです。わたくしが直接どうこうできるものではありません。

それでもわたくしにはできることはあります。

お父さまには、わたくしの気持ちを綴《つづ》った手紙を書いてリデアに託しました。侍女のネットワークを使えば手紙がお父さまのもとへ届くのにさして時間はかかりません。

お父さまやお兄さまは驚くかもしれませんが、わたくしが本気であることがわかれば反対はなさらないでしょう。

身内の問題については熟知している間柄ですから、解決はたやすいです。

問題は新たなる地、ここコルネリア辺境伯領にあります。

まずは、辺境伯家に頑丈な足場を作りましょう。今までに培《つちか》ったわたくしの能力や人脈を使ってね。

わたくし、負けませんわよ！

◇◆◇

「おはようございます」

「ぉ……おはよう」

本日の朝食は朝食室でいただきます。アレクサンドロさまのいる時間帯を狙って参りました。ちなみに彼は驚いて目を白黒させていましたが、淑女らしくサクッと気付かないふりです。

朝食のメニューはオムレツにパン、ハムに生野菜のサラダ、ヨーグルトに紅茶といった感じです。他にもいろいろと用意されていましたが、そこまでは食べられません。わたくしは朝食、午前のお茶の時間、昼食、午後のお茶の時間、夕食と一度の食事量を少なく回数を多くして食べる派なのです。一度にたくさん食べてしまうと、食べ物を消化するのに忙しくて仕事に集中しにくいので避けます。

さて、わたくしという存在を辺境伯領で認めてもらうために、わたくしは本日から働くつもりです。

アレクサンドロさまは白いシャツにトラウザーズという軽装です。本日は屋敷の中で執務をされるのでしょうか。

もし今日領地の視察に回るのであればご一緒したいので、今日の予定を確認せねばなりません。

「今日は動きやすそうな服装ですね、ご令嬢」

「ありがとうございます。わたくしも、そろそろ仕事をしたいと思っておりますの」

「……は？」

はい、驚きの表情をいただきました。驚く姿も麗しゅうございます、アレクサンドロさま。

朝食室では食堂よりも距離が近くてドキドキいたしますが、そのようなことに構っている暇などありません。

わたくしにとって、これからの日々は戦いとなるのですから。

本日はドレスというよりもワンピースに近いものを着ています。ＴＰＯをわきまえないというのはよくありません。

野菜の収穫は無理でも、花くらいなら摘めるような服装を心掛けてみました。

「仕事……とは？」

「わたくしがすぐにできるようなことがあるといいのですが。なければないで、領地内のことを勉強するなど、しなければならないことがたくさんございますでしょ？」

「……はぁ」

「王都にいたころから王太子殿下の書類仕事を手伝っておりました。こう見えて、わたくしは意外と即戦力でしてよ？」

わたくしは姿勢を正し、アレクサンドロさまをまっすぐに見据えてニッコリと笑みを浮かべます。

案の定、アレクサンドロさまには目を逸らされました。けれど耳が赤いですし、これは女性慣れしていない証でしょう。もしくは脈ありのサイン、とか。

「ですが、ご令嬢……」

「アレクサンドロさま」

ここは一言、言うべき場面です。

わたくしは、戸惑いの表情を浮かべるアレクサンドロさまをまっすぐに見て、続けます。

「ご令嬢呼びはお止めください。わたくしが『アレクサンドロさま』とお呼びしているのに、それだとバランスが取れず、おかしく見えてしまいますわ。どうぞ『クラウディア』と、名前で呼んでくださいな」

「えっ……あっ……」

「さぁ、どうぞ。アレクサンドロさま。クラウディアとお呼びください」

「え？　……あ……あぁ、クラウディア……さま」

あら。『名前』と『さま』の間に微妙な間ができたので、軽く呼び捨て状態が味わえました。今日はとってもいい日になりそうです。

◇◆◇

私が執務室のドアを閉めるのと同時に侍従のサムが口を開いた。

「旦那。あのお嬢ちゃんのことが好きでしょう？」

私、アレクサンドロの侍従を務めるサムは見た目通りの男ではない。優しげで無害そうな顔をしているが、一癖も二癖もある男だ。

執務机に向かっていた私が彼のほうへ顔を向けると、意味ありげな彼の視線とぶつかった。

「その『お嬢ちゃん』が、今のキミを見たらどう思うかな？」

溜息混じりに言うと、サムはフフフと笑った。

サムの目は珍しくもない茶色ではあるが、そこに意思の力が宿ると何とも言えない底の知れなさを醸し出す。

その豹変ぶりには目を瞠《みは》るものがあるが、彼がそういう男だと知っている私は動じない。

「オレが本当はどんな男か、なんてそんな些末《さまつ》な問題はどうでもいいじゃないですか。それに、彼女に教えるつもりもないですよ。旦那」

普段は目立たない、いかにも人の好さそうな雰囲気を持つ彼だが、それだけの男ではないことを私は知っていた。

「『自分のことを知ってもらいたい女性』ができたんじゃないのか？」

「オレが見つけたのは『一緒に幸せになりたい女性』です。オレのことをすべて知ってほしいわけじゃない」

「お前の言うことは、時折意味がわからない」

「まんまの意味ですよ、旦那。オレはリデアさんを手に入れるし、幸せも手に入れます」

サムは自信満々の陰謀家のように不敵な笑みを浮かべた。それを見て私は溜息を吐く。

「本当、相手の女性が可哀想だ」

「オレは誠実ですよ？」

「誠実の意味についての解釈違いだ」

サムは私の言葉など聞いてない風で楽しげに語る。

「一目でビビッと来たんです。オレが幸せにするのは、この女性だって。だからオレはリデアさんを手に入れてみせます」

相手のお眼鏡に適う未来しか見えていないサムに、ちょっと頭が痛くなる。

「迷惑にならないといいのだが……」

「ならないです。オレはオレのオヤジとは違うんです。相手の意思に関係なく物事を進める気なんてありません。オレはリデアさんの心ごと彼女が欲しいんです」

「情熱的だね」

「ええ。オレは熱い男なんです！」

若い騎士のように語るサムに堪えきれなくなって、ついに私は噴き出してしまった。

「ハハッ。そうだっけ？　セバスチャンがお前を連れてきたときには、どうなることやらと思っていたが」

「まぁ、それなりにやさぐれてましたからね。学校でも悪い仲間とつるんでましたし。卒業していよいよ道を踏み外しそうな所を、おじさんに拉致《らち》されたんですよ」

　たしかにあの時、セバスチャンは肩にサムを担ぐようにして屋敷へと連れて来たが。

「拉致《らち》って、お前……それは言い過ぎでは？」

「いやホント、セバスおじさんは一旦決めたら強引なんです。口も立つし腕力もあるから、逆らいにくくて。でもまぁ、強引にでもここに連れてきてくれたことには感謝してます。あのままだったら今頃は死んでるか良くて牢の中でしょう。オレは伯爵家の次男といっても、庶子ですからね。想像はつくでしょうけど、扱い酷かったっスから」

　たしかに屋敷へ連れて来られた当初のサムは酷かった。荒《すさ》みっぷりが凄《すさ》まじく、使用人の中で腕っぷしに定評のある御者《ぎょしゃ》のカルロでさえ、遠巻きに見ていたくらいだ。

「その辺りの話はそれとなくセバスチャンから聞いているが。恵まれない環境に置かれた遠縁の庶子と聞いているよ」

「オレのオヤジはね。メイドである母さんに手を付けてオレを孕《はら》ませた挙句、捨てたんですよ。自分勝手な欲で使用人に手を付けて、子どもができたら子どもごと捨てる。最低な男でしょ？　母さんは苦労して、苦労して……結局、オレが十歳になる前に死んでしまった」

昔を思い出している時のサムは、瞳から光が消える。

「大変だったね」

「ええ。でもオレの大変には先があった。オレが孤児になると、あの男はオレを引き取ったんですよ。愛情からじゃない。正妻との間に息子が一人しかできなかったからです。オレは予備だった。予備であるオレの扱いはそりゃ酷くて……特にオヤジの正妻からのいじめは酷かった。まぁ結果的に、兄はとっとと結婚して男の子が三人も生まれたんで、オレは逃げられましたけど」

「ほら、また悪い顔になってる。そんな表情見られたら、彼女を口説《くど》く前に逃げられてしまうぞ」

「オレは彼女の前で、そんなヘマをする間抜けじゃありません。旦那とは違うんですよ」

それはちょっと聞き捨てならない評価だな。

「私だって、そんなに間抜けでは……」

「いや、間抜けですよ」

「どこが……」

急な濡れ衣に、思わず眉をひそめる。しかしそんな私を意に介さずサムは口を開く。

「お嬢ちゃんが……クラウディアさまのことが好きなんでしょ？」

「……私の気持ちなど関係ない。これは白い結婚だ。エクスタイン公爵とも、その方向で話がついている」

「ふんっ、白い結婚なんてくだらない。旦那が亡くなった婚約者であるマリーベルさまのことを気にされているのは知ってます。守れなかった女性に操《みさお》を立てるというのも騎士道精神的にはアリなんでしょうけど。下町育ちのオレからしたら、ただの間抜けに見えますよ」

「……サムっ！」

「気に障りましたか、旦那。知ってますか？　人間、図星を突かれると腹が立つらしいですよ」

ニッコリ笑うサムに、グッと言葉に詰まる私。自信満々に言われるとサムの言っていることのほうが真実に思えてくる。

「ねぇ、旦那。もういいじゃないですか。先に進みましょうよ。白い結婚がなんだってんですか。好きなら好きで、自分の気持ちを受け入れて幸せになっちまえばいいじゃないですか」

「サム。貴族の結婚というのは、そんな簡単なものではないよ」

「身分の釣り合いも問題がなく、お互いに好きならいいじゃないですか。問題なんてないですよ」

「大ありだ」

「旦那が、マリーベルさまを守れなかったことも、ご両親を守れなかったことも、後悔されていることは知っています。領民なら誰でも知っています。その分、馬車馬のように働いて結果を出してきたじゃないですか。この辺りは平和になったし、実際に治安も良い」

「いや、まだまだだよ」

ハハッと軽くサムが笑う。

「そりゃ、もっと改善すべきことはあるかもしれませんが、それはあとでもいいじゃないですか。いい加減、旦那は自分が幸せになることを考えてくださいよ。自分自身を幸せにしてやってくださいよ」

「そんなことは気にしなくていい。独り身で仕事ばかりしているヤツだって世の中にはいる」

「庭師のヨハンのことを言っているなら勘違いです。奥さんは早くに亡くしましたが、彼にはお子さんはいます」

「それはそうだが……」

「お子さんがいれば愛する対象がなくなってしまうわけじゃない。それに一番上のお孫さんが妊娠したそうだから、ヨハンは近々ひい爺ちゃんになる予定ですよ」

「それは初耳だ。お祝いを考えないと」

「旦那が幸せになることがお祝いになるんじゃないですか？」

「それは違うんじゃ……」

私の反応にイラッときたのか、サムは目を吊り上げ立て板に水のように話し出す。

「いつまでも昔のことを引きずってウジウジと。いつまでも後悔引きずってたら、亡くなられたマリーベルさまだって落ち着かないんじゃないですか？　だいたいねー。金も力もあって、美形で有能で結果を出していて。オマケに性格まで良い旦那みたいな人間が幸せになれなきゃ、この世の誰に幸せになる権利があるっていうんですか？　そんなに幸せのハードルを上げて楽しいですか？　楽しかないでしょーがっ。オレは幸せになりたいんです。苦労した分、幸せになりたいんです。だから旦那はとっとと幸せになってください！」

「どんな理屈だよ……」

脱力する私に、サムは大げさに呆れてみせた。

「え？　まだわかりませんか？　あのね、旦那。男ってのはまったく全然気にならない女の前で、表情強張《こわば》らせて耳赤くしたりしないもんなんですよ」

「うっ……」

「ほら、そこは反論できないんでしょ？　気になってるんですよね？　クラウディアさまのことが」

言葉もなくサムを見上げる。反論なんて出てこない。

完璧な貴族の顔を見せるかと思えば、表情豊かな少女の反応を見せたりするご令嬢。

一時は未来の王妃と目された令嬢は、見た目も中身も魅力的だ。

今は婚約を解消され、私と形だけの婚姻をしたが、だからといって私のような男が手を出していい存在だとも思えない。

「そんな上目遣いで睨《にら》んでも怖くありませんよ。なんですか、いい年した男がそんな顔して。そんな顔するくらいなら、とっとと幸せになったらいいんです。マリーベルさまもお墓の中で呆れてますよ」

「うっ……」

たしかに。マリーベルなら、呆れを含んだ声で何か皮肉を言ってくるだろう。彼女はそんな人だった。ご令嬢は、そんなマリーベルにどこか似ている。

「それに、オレの幸せは旦那にかかってるんです。あの子——リデアさんは、主人の側を離れたりする子じゃない。オレと同じ匂いがするんです。一度主人と決めた相手からは、絶対離れない。オレの幸せが旦那と共にあるように、あの子の幸せはクラウディアさまと共にあるんです。つまり、オレが幸せになるには、旦那が幸せになることが必要なんです。だから、必ず幸せになってくださいよ。オレも絶対、幸せになるんですから」

悪戯《いたずら》っぽく片目をつぶる侍従に、私は肩をすくめてみせる。すると賢明な侍従は何事もなかったかのように机の前に置いた椅子に座った。

「もう、仕方ないですね。まずはクラウディアさまにお願いする仕事について検討しましょう」

主人の性格を熟知している侍従を前にして逃げ道はない。私は諦めて、今日の仕事に取り掛かることにした。

◇◆◇

「こんな感じでどうかしら？」

わたくしはアレクサンドロさまから割り振られた仕事である手紙の清書をサムに見せました。

「ああ、さすがです。美しい字ですね。こんな手紙なら、どんな取引も上手くいきそうです」

「まぁ、お上手ね」

でも褒められて悪い気はしません。

「本音ですよ。お嬢さまは、王太子殿下の婚約者としての仕事もされていたのでしょう？」

「ええ」

セバスチャンも横から覗きこむとおどけた様子で言う。

「こんな美しい字を書いてサポートしてくれるお方を手放すとは。本当に殿下は愚か者ですな」

「まぁ、セバスチャンったら」

実績豊富なセバスチャンにも褒めてもらえて嬉しいし、王太子が愚か者なのは正解です。真理とは揺らがないものだわ。

「いえいえ、お嬢さま。セバスチャンさんの言う通りですよ」

「リデアまで。皆さん、わたくしを褒めすぎよ」

わたくしたちが今いるのは奥さま部屋と言われる部屋です。

仕事をするならこちらのほうが便利ということで移動しました。

奥さま部屋は旦那さま部屋と繋がっていて、間には夫婦の寝室もあります。反対側には側仕えの者が使う部屋も繋がっていて、侍女はそこを使うのです。

でも日中以外もここを使えるようになるのは、本当の意味で結婚してからの話。白い結婚のままでは駄目なのです。この部屋を手に入れるために、わたくしは頑張らなくてはいけません。

「いえいえ。本当のことです。他にもいろいろとできることがおありになるとか」

「そうなのよ、セバスチャン。わたくし、こう見えて意外とできる子なのです」

王妃教育と、王太子が怠け者だったゆえの成果です。

「だから。辺境伯領の皆さまは、わたくしの能力を活用してくださってよろしくてよ」

それらはおしなべてアレクサンドロさまのため。わたくし内助の功に努めさせていただきます。

「それは、それは。心強いです。頼りにさせていただきます」

「うふふ」

「ですが、お嬢さま。頑張りすぎはいけませんよ？　まだ十分にお疲れから回復なさっていないのですから」

セバスチャンの言葉に機嫌よく笑っているわたくしに、リデアが釘を刺してきます。

「ええ、リデア。気を付けるわ」

わたくしの侍女は心配性なのです。

「お疲れでしたら、この辺りには良い温泉もありますのでお勧めですよ」

「ありがとう、サム。こちらに来る途中で見かけましたわ。良さそうですわね、温泉」

「入浴施設はもちろん、スパが併設されている所もございますので。ご希望でしたら、良いところをご案内しますよ」

「それは良さそうね」

温泉だけでなくスパにも興味があります。

「ほほ。お嬢さまの美しさに、ますます磨きがかかってしまいますな」

「まぁ、セバスチャンったら。からかわないで」

「ふふふ。お嬢さまが美しいのは本当のことですから」

「もう、リデアまで。……冗談はともかくとして、温泉を楽しみながら領地の視察をするのも良いかもしれませんわね。男性目線と女性目線では違いますから、何かお役に立てることがあるかもしれませんわ」

わたくしはできる辺境伯夫人を目指します。女性目線でしっかり視察してきましょう。

「ほほ。早くも領地視察とは。頼もしい限りでございます」

「本当に。早く辺境伯領夫人さまになって本領を発揮していただきたいです。使用人一同、付いていきますので」

「うふ。ありがとう、セバスチャン。サムもね」

和《なご》やかに仕事を始められることができて、本当に良かった。セバスチャンとサムに好意的に受け入れてもらえて安心です。

肝心のアレクサンドロさまはいませんが『将を射んと欲すればまず馬を射よ』と言いますから。

わたくしは周りから攻め落とすことにします。

◇◆◇

朝早い時間の空気は清々しいものですが、辺境伯領の空気は格別です。

辺境伯領に来て一ヶ月ほどが過ぎ、だいぶこちらの生活が体に馴染《なじ》んできました。

「おはよう、ヨハン」

「おはようございます、お嬢さま。今日もお早いですね」

「うふふ。すっかり生活のリズムが変わってしまったわ」

お屋敷の庭に出たわたくしは、庭師のヨハンに話しかけながら自然に笑っていました。

ヨハンは使用人の中では一番の古株で、庭師としての腕がとても良いのだそうです。

「それならいいですが。私どもは早朝から作業していますので、うるさかったら言ってくださいね」

「あら、それなら大丈夫よ。作業している音はうるさくないわ。朝早く起きてしまうのは、こちらでの生活に慣れてきたからだと思うの」

「それはなによりです。王都での生活とは違いますからね。辛い思いをされているのでは、と、使用人一同心配しておりました」

たしかに王都での生活とは違います。でも、わたくしにとって一番大きく変わったことは王妃教育がなくなったことです。

キチンと睡眠時間が取れるようになったので肌もツヤツヤですし、元気いっぱいになりました。ストレス要因である王太子とも離れられましたから、辛いことは何もないです。

王太子の仕事を手伝うこともなく、嫌味を言われることもない生活の快適なことと言ったら。

「毎日楽しく過ごしているわ。ご飯も美味《おい》しいし、わたくしはこちらの土地と相性が良いみたい」

「それは、ようございました。ですが、何か気になることがありましたら、おっしゃってくださいね。少しでも快適に過ごしていただけるよう、使用人一同努力しますので」

ヨハンと話していると、ふと遠くから騎士団員たちが鍛錬《たんれん》している声が聞こえてきました。

辺境伯領騎士団の皆さまは、ハンサムかつ、マッチョかつ、紳士かつ、騎士です。

皆さま素敵なのですがヨハンも負けてはいません。

「うふふ。頼りにしますわ。でもヨハンこそ、お仕事が大変なのではありませんか？」

ヨハンは使用人の中で一番高齢です。七十をとうに超えていると聞きました。

でも日に焼けてシワが目立つ肌に反して、背筋がピンとしていて姿勢が良いので年齢よりもはるかに若く見えます。

やはり筋肉、筋肉の力《マッチョパワー》は偉大です。

それにヨハンは本当に働き者なのです。庭師は他にもおりますしヨハンは立場が上ですから、本来なら指示だけ出していても仕事は回るのですが、今朝もスコップを持って自ら動いてしまっています。

「いえいえ。土いじりくらい平気です。私にとっては鍛練《たんれん》の代わりですから」

「あら？　ヨハンも兵士だったのかしら？」

「昔は、ここら辺では子どもが戦闘訓練を受けるのが普通だったんですよ」

「まぁ、そうだったのね」

辺境伯領の治安が悪く物騒だった時代を知識としては知っていますが、実際を知ると胸が苦しくなります。

「王都の生活がどんなものか知りませんが、それが普通ではないことくらいは承知しています。今の子どもたちは違いますので安心してください」

「そうなのね。良かったわ」

わたくし、どんな表情を浮かべていたのでしょうか。ちょっと気になりますが、ヨハンはわたくしのことを気遣ってくれました。

「私どもは子どものころからこの場所で暮らしているので慣れていますが、王都とは何もかも違うでしょう？」

「んー、そうねぇ。わたくしは……うーん、普通を知らないから比較できないわ」

あぁ、いけません。王都で暮らす普通の貴族がどんな生活をしているのか、わたくしは知りませんでした。

辺境伯領の生活で新たに感じたことと言えば、王妃教育がないから楽、くらいです。

今ならどんなことでもアレクサンドロさまのためなら頑張れる、というのもあります。

「それでもヨハンくらいの年齢で力仕事をしているのは珍しいのではなくて？」

「力仕事？　ガハハハッ」

ヨハンは豪快に笑いました。

「これは趣味みたいなものです。このくらい、ちっとも大変ではありませんよ」

爽やかに笑う庭師は健康そのもの。キラキラしていて無理しているように見えません。

「それなら良かったわ」

「この庭もお嬢さまに気に入ってもらえるとやり甲斐があるのですが、どうでしょう？　王都とはだいぶ造りが違いますから」

そう言われて、わたくしは庭に視線を移しました。
王都の庭と言えば、とにかく花。花がたくさん咲いています。
それに対し、辺境伯領の庭は木が多い印象です。花も咲いてはいますが、球根ものの花が多い気がします。

「華々しい王都の庭とは違って、素朴な印象ね」

「ええ。そうなんですよ。王都はバックヤードで花を咲かせて頻繁に植え替えをするタイプの庭造りをしているでしょ？　ここでは、そのやり方は止めてしまいました」

「あら。昔は、こんな感じのお庭ではなかったの？」

花ばかりの庭も良いけれど、木などさまざまな植物を配した庭も素敵です。ヨハンは淡々と話してくれます。

「ええ。王都と似たやり方をしておりました。バックヤードで花を育てて、時期に合わせて植え替えるやり方です」

「なぜ変えたの？」

「この辺境伯領は今でこそ平和なものですが、昔は違ったのです。小競り合いはしょっちゅうで、戦争やら何やら絶えずありました。それに戦争が終わったからといってすぐに平和が訪れるわけではありません。戦争のあとの小競り合いに、私たちもたびたび駆り出されていたんです」

「まぁ」

庭師まで駆り出される小競り合いは、もはや戦争だと思いますけれど。

「戦いから戻ってきて花一輪咲いていない、荒れた庭を見るのは辛いものです。亡くなった者がいても、供える花の一輪も見つからない時の侘《わび》しさときたら……」

「……」

亡くなられた方もいただなんて言葉がありません。しかしヨハンは穏やかな口調でわたくしに説明してくれます。

「それで、庭の造り方そのものを変え、花がまったくない状態にならないようにしました。小さくて華やかさに欠ける花でも、咲いていないのと咲いているのとでは気分が違いますからね。木が多いのは、さほど手間をかけなくても花を咲かせてくれるからです。戦いに駆り出されたら世話どころではないですからね」

戦争となれば花の世話をするより、もっと必要なことが出てくることでしょうから、仕方のないことですが、何だか寂しく感じます。

「それに庭師ですから、戻ってきて花の一つも咲いていない荒れた庭は見たくないんです。逆に、花を見れば救われるような思いになります。だから、どの季節でも、世話ができなくても、花が楽しめるような庭造りをしているのですよ」

「そう……なのね」

「花の咲く木に、翌年も花を咲かせる球根もの。種を散らして翌年も花を咲かせてくれるような丈夫な花。そんなものを優先的に植えています」

わたくしは唇をキュッと引き締めてヨハンの話を聞いています。どんなに理由が重いものでも、この辺境伯領の力になるために、一言一句聞き逃しません。

「王都にお住まいの方からすると、地味な庭に見えるかもしれませんが、一応、理由はあるんですよ」

最後にヨハンはわたくしに向かってにっこりと綺麗に笑いかけてくれました。でも、その笑顔の裏にはどんなドラマがあったのでしょうか。想像すると、わたくしの目には涙が滲《にじ》んできてしまいます。

ですが、わたくしが泣いたりするのは違うと思いますし不作法な気がしますので耐えます。

「……お嬢さま。私たち使用人一同は、早くお嬢さまを『奥さま』とお呼びしたい、と、思っていますよ」

「ありがとう、ヨハン」

ええ。ええ。わたくしも、そうなれることを祈っているわ。

◇◆◇

鍛練《たんれん》を終え、朝食前の執務時間。私は執務室で、ニヤニヤと笑うサムを仏頂面で見つめた。

今日の予定を確認するため、私は執務机の前に座り、サムは私の横に立って作業をしていたのだが、何気なく窓から庭を見下ろしたサムが感嘆の溜息を吐いて話し始めたことが原因だった。

「あのお嬢ちゃんの勘の良さ、すごいな。もう使用人の中で一番の古株、ヨハンの心をゲットしちまいましたよ」

「サム。ご令嬢をジロジロ観察するのは失礼だよ」

「旦那こそ失礼でしょ。クラウディアさまのこと、名前で呼ぶように決めたんじゃありませんでしたっけ？」

「……」

そこは無言で返答を拒否する。

「あー、ハイハイ。余計なことは言わない、でしたよね」

「わかってるならいい」

「でも、アレは見といたほうがいいのでは？」

私がサムの後ろから窓の外を覗きこむと、こちらに向かって腕で大きな丸を作っている庭師の姿が見えた。

「ヨハンのお墨付きを貰ってますよ。さぁ、頑張りましょう旦那」

「……何を頑張れと？」

「そりゃあ、もう。いろいろと」

「……お前は頑張っているようだが」

サムがご令嬢の侍女のためにあれこれと動いているのは知っている。私は嫌味のつもりで言ったのだが、言われた当人は嬉しそうに相好《そうごう》を崩した。

「え？　へへっ。気付いちゃいました？　オレとしては逃せない運命の相手ですからね。そりゃあ、もう頑張ってますよ」

サムはへらりと表情をだらしなく緩めた。

「……ほどほどにな？」

「ハイハイ。限度はわきまえてますよ」

使用人扱いとはいえ、相手は貴族の令嬢である。問題を起こされては困るのだ。

サムの想い人である赤毛赤目の侍女リデアの姿を思い浮かべて、私は溜息を吐いた。

「ならいいが。トラブルは御免だよ」

サムも貴族の庶子ではあるから問題ないが、結婚に結び付けたいのであれば手順を踏まえて動く必要がある。

「わかってますよ。……旦那のほうは、どうするんです？」

「ん？」

「クラウディアさまのことですよ」

「別に」

食事を共にすることは度々あったが特にこれといった進展はない。

「ご令嬢は使用人たちと馴染《なじ》み始めてますよ」

下手なことを言って突っ込まれると腹が立つので黙るが、私としてはご令嬢とは白い結婚のままでいたいと思っている。若い彼女を縛りたくないのだ。

「逃げられないのなら、こちらから行く、というのもお勧めの戦法なんですけどね」

「なんだよ、戦法って」

戦いの何を知っているというのか。私はサムを睨《にら》みつけたが、彼の笑みが崩れることはない。

「ふふふ。わかってるくせに」

サムの揶揄《からか》いはスルーしようと私は決めた。そこに執事が静かにやってきた。

「旦那さま。いま届きました」

「あぁ」

差し出した銀盆《サルヴァ》の上には手紙が一通、載っていた。よく磨かれたそれに乗せられた白い封筒は特別な物に見える。

その『特別』が美しい見た目に付けられている内は平和だ。だが、中身についてであれば注意が必要になる。

これはどちらだろう、と、思いながら私は中を確認し、そしてすぐに眉をひそめた。

「「……」」

サムと執事は私の無言の内に厄介ごとの匂いを感じ取ったのか、二人して顔を見合わせた。

◇◆◇

鍛練《たんれん》をする声が遠くから響いてくるのを聞きながら、わたくしは部屋に戻ってきました。

辺境伯領騎士団の皆さまは、ハンサムかつ、マッチョかつ、紳士かつ、騎士なのです。日々の鍛《たん》練《れん》を欠かすことなく真面目に取り組んでいます。

素晴らしいです。何が素晴らしいって、筋肉の力《マッチョパワー》は存在するだけで尊いということです。存在していてくださるだけで安心感があります。良いことです。

エクスタイン公爵家の護衛騎士長であるシモンズはわたくしの護衛としてついてきたのですが、辺境伯領が気に入ってしまったとのこと。

六十歳近いこともありこれを機に引退してこちらに引っ越すと決めたそうです。筋肉《マッチョ》は筋肉《マッチョ》を呼ぶようです。護衛たちに自分の知識や技術を伝えて鍛えたいという野望を笑顔で話してくれました。

代わりに、辺境伯領騎士長であるタイラー・ソレイニが公爵家の護衛騎士団に出向という形で入ります。

人材交流を経て、公爵家と辺境伯家の結びつきは強くなっていく事でしょう。

わたくしは、この辺境伯領に根を下ろして生きていきたい。そうなった時には、できるだけ良い変化が起こせるように努力します。

皆の幸せがわたくしの幸せとなり、わたくしの幸せが皆の幸せに繋がっていくような、そんな素敵な循環を作りたい。

わたくしが思いを巡らせているところへ執事がやってきました。

差し出された銀盆《サルヴァ》の上には手紙が一通。

よく磨かれたそれに載せられた白い封筒は、特別に見えます。

「ありがとう、セバスチャン」

わたくしは封筒を開けて中身を確認し、眉をひそめました。困りませんが戸惑っています。

「お兄さまが、こちらにいらっしゃるみたい」

「まぁ！」

同じ部屋にいたリデアが驚きの声を上げました。それも当然です。わたくしが公爵家を出発してからまだ一ヶ月程度。

早馬で早駆けすれば一日で着く距離ではありますけれど……滞在時間というものがありますし、帰りの時間もあります。

わたくしがエクスタイン公爵家の仕事を手伝うことはありませんでしたが、お兄さまにそこそこの仕事量があることは知っているのです。

お兄さまが仕事のできる優秀な人物であることは知っていますが、来られるのが早すぎるのではないでしょうか。

妹のことが好きすぎると思いますわ、お兄さま。

第三話　公爵令嬢に忍び寄る危機

手紙が届いてから三日後。日が暮れて夜の帳《とばり》が下りるころ、お兄さまは辺境伯邸のエントランスに到着しました。

「お兄さま……大丈夫ですか？」

久しぶりに会ったお兄さまは、疲れて汚れてへこたれた感じになっています。ちょっとだけ、ですけどね。

「だ……大丈夫だよ、クラウディア……ちょっと、つ……疲れただけだ……」

ええ、疲れているだけですよね。わかっております、お兄さま。王都から一日で到着したのだから当然です。

わかってはいますが、それを口にするのが憚《はばか》られるへこたれっぷりです。

王都から辺境伯領までは早馬で早駆けすれば一日の距離。けれど実践したら行軍《こうぐん》のようなものです。お遊び感覚の旅行とは違います。

「久しぶり……に……会えて、嬉しいぞ、クラウディア」

「え、ええ。わたくしも嬉しいですわ、お兄さま」

息も絶え絶えといった風のお兄さまに、わたくしはちょっと引き気味です。嬉しいですけれど無茶しすぎではないでしょうか。淡い金色の髪がすすけた印象になっているようにさえ見えます。

「セシルさまは少しでも早くクラウディアさまに会いたいと、宿も取らずに馬を乗り換えながらこちらまで一気に駆けてこられたので。少々お疲れになったのでしょう」

報告のために一旦公爵家に戻っていたシモンズが、お兄さまの横でニコニコしながら報告してきます。

シモンズは六十歳近いはずですが、ヘロヘロのお兄さまと違ってシュッとしている上、なんだかキラキラと輝いていて楽しそうです。

彼もお兄さまの護衛として同じ行程《こうてい》をこなしてきたはずなのですが、基礎筋肉力《マッチョパワー》の違いというものなのでしょうか。シモンズの年齢不詳の輝きにも、わたくし若干引き気味です。

「久しぶりに現役のころを思い出しましたよ」

「まぁ、そうなの」

シモンズはまだ護衛騎士長としてまだ現役のはずですけれど、いつと比べているのでしょうか。

そしてその時はどれだけ元気だったのでしょうか。

王宮勤めをしていた頃の話は聞いたことがありますけれど、それ以外に行軍《こうぐん》の経験があったのかもしれません。

「お兄さまは、乗馬もあまり縁がない生活をされているから……無理なさらないでね」

お兄さまは領地経営が専門で体力面についてはちょっと……と、いう生活をしています。

「ああ……最近、ちょっと運動不足だったから……ちょうど良かったよ……」

まだゼイゼイと息が荒くて心配です。顔色も悪いですし、ちょっと体が震えているような気もします。

王都から辺境伯領まで早馬で早駆けすれば一日、とは言ったものの、実行されるとは思ってもいませんでした。

アレクサンドロさまも心配そうにしています。

「お疲れでしょうから、お部屋にご案内しましょう」

「ありがとうございます」

「今夜は食事もお部屋へ持っていったほうが良さそうですね」

「はい。お心遣い感謝いたします」

お兄さまは、アレクサンドロさまへのご挨拶もそこそこに、客室に行ってしまいました。

シモンズに抱えられて歩いているように見えたのは、わたくしの見間違いよね？

あとから部屋での様子をメイドのアンナに聞いたところ、シモンズにいろいろと手伝ってもらっていたようです。

なぜか「久しぶりに新兵の世話を焼いているようで楽しい」と、シモンズが嬉々としていたらしいですけど。

お兄さまは大丈夫でしょうか。いくら若いからといって無理しないでほしいのですが。シスコン恐るべし、です。

それにしても……無理をして辺境伯領まで来たのには、何か理由があるのでしょうか。

◇◆◇

夜が明けて爽やかな朝が来ました。

「おはようございます」

「ん……おはよ……」

今朝はお兄さまが来ているということで、食堂での朝食となりました。ヘロヘロのお兄さまはシモンズに朝食の席へとセッティングされています。まるで人形のようです。

嬉々としてお兄さまをセッティングし終えたシモンズは、辺境伯領騎士団の皆さまと朝食をご一緒するのだと楽しそうに去っていきました。元気そうでなによりです。

「おはようございます。快適にお過ごしいただけたでしょうか？」

白いシャツにトラウザーズという軽装のアレクサンドロさまですが、主としての品格のある凛としたふるまいで兄に接してくれています。

アレクサンドロさまは今朝も素敵です。

お兄さまは、といえば……

「あ……はい、大丈夫です……です」

お兄さまも白いシャツにトラウザーズという軽装です。普段はお兄さまも貴族的な品のある所作で卒なくふるまわれるのですが、今朝は疲れが残っているようで少々だらしない印象があります。

いえ、普段は、お兄さまも素敵なのです。本当です。信じてください。

　一夜経ってもヘロヘロのお兄さまに、アレクサンドロさまが爽やかに話しかけます。

「昨日の夕食は口に合いましたでしょうか？」

「はい」

「それは良かった。いかんせん田舎《いなか》料理なものですから。王都の方に満足していただけるかどうかわかりませんので」

「いえいえ。美味《おい》しくいただきました。朝食も美味《おい》しそうですね」

「お口に合うかどうかわかりませんが。試してみてください」

「ありがとうございます」

　アレクサンドロさまとの会話で、お兄さまの目も覚めてきたようです。

　今朝の食卓も、地元産の物がふんだんに使われた料理が賑やかに並んでいます。今日のご飯も美《お》味《い》しいです。これなら、お兄さまも満足されるでしょう。

　野菜のスープにオムレツ、ソーセージにハム、新鮮な野菜のサラダに果物、シーフードマリネ、自家製のパンにジャム、ヨーグルトなどなど、豊富なメニューが食卓には並んでいます。

　他にもパンケーキやフレンチトーストといったものも用意してもらえます。至れり尽くせりです。

　お兄さまは甘党なのでフレンチトーストに蜂蜜《はちみつ》をかけて召し上がっています。どうやら特に蜂蜜《はちみつ》がお気に召したようです。

「んっ。この蜂蜜《はちみつ》、美味《おい》しいね」

「蜂蜜《はちみつ》は、ヨーグルトや紅茶に使っても美味《おい》しいですわよ」

「ああ、それも美味《おい》しそうだね。でも、ジャムも気になるなぁ」

「自家製ジャムですから、市販のものとは違いますわ。それに公爵家のものとも味が違っていて美《お》味《い》しいのです」

「そうか。では、試してみなくては」

お兄さまは嬉しそうにジャムを手に取りました。まずはパンにつけて食べてみるようです。

男性はたくさん食べられるから羨《うらや》ましいですね。わたくしも、あのくらい食べられるなら、フレンチトーストかパンケーキをいただいてみたいです。

お兄さまには、辺境伯領の豊かさを食事からも感じ取っていただきたいのですが、どうでしょうか。わたくしのお兄さまは優秀なので、もちろん感じ取っていただけたと信じていますけれど。

そういえば食事もそうですが、お兄さまには色々と聞きたいことがあったのです。

「ところでお兄さま。なぜ、こちらにいらしたのですか？」

「なぜって？　可愛い妹の顔を見にきた、では、理由として不足かい？」

不足ではありませんし、不満でもありません。でもお兄さまが妹に甘いだけのシスコンではないことくらい、承知しています。

「それも理由の一つではあるのでしょうけれど……他にも理由があるのではございませんか？」

「んっ。このジャムも美味《おい》しいね」

ラズベリーのジャムがお気に召したようです。

ですが、それで話を誤魔化されたりしません。

「どのような理由でいらしたのですか？」

「ふふ。そんな可愛い顔して睨《にら》まないでおくれ、クラウディア」

もうっ、お兄さまったら。いつまでも子ども扱いして。

「セシルさまは、まだお疲れのご様子。食後にゆっくり時間をとってお話をされたらいかがですか？　クラウディアさま」

「そうですね、アレクサンドロさま。そうさせていただきます」

お兄さまは、わたくしの顔とアレクサンドロさまの顔を面白そうに見比べて、なぜかニヤニヤしています。

何かしら。あとでゆっくり追及してみるべきですね。

◆◇◆

朝食を終えたわたくしたちは、応接室に移って話をすることになりました。

お兄さまとわたくしはソファに並んで座り、向かいにアレクサンドロさまが腰かけます。

少しだけシャンとした顔になったお兄さまが、ためらいがちに話し始めました。

「実は……お前が王都を出てからその……少し、動きがあってね」

「あら、何ですの？　お兄さま」

とても言いにくそうな様子のお兄さまに、わたくし悪い予感がします。

「王太子殿下、のことなんだが……」

「まぁ」

あのバカがまた何かやらかしたのでしょうか。不敬ですから言葉にはしませんけれど、自分でも目元がキュッと鋭くなったのがわかりました。チラリと前を見ると、アレクサンドロさまも眉間にシワを寄せて眉を吊り上げています。

そうですよね。アレクサンドロさまも人生変わってしまったわけですし。……わたくしとしてはラッキーでしたけれど。

「お前がこちらに来てから、仕事が忙しいと文句を言っているらしい」

「でしょうね」

当たり前です。王妃教育の合間を縫って王太子殿下の公務も手伝っていましたが、ゴッチャゴチャの書類を整理するだけで一苦労でした。

書類仕事って、書類を整理しただけでは終わらないのです。そこからが始まりですから。王太子殿下は整理するだけでも嫌がっていましたので、仕事の片付け方など知らないのではないでしょうか。

「王太子殿下がどうしても、というのでブリリアント・バークレイ男爵令嬢の王妃教育も始まっているのだが、こちらも、だな……」

でしょうね。余計なことを言ってしまわないように、わたくしは口元をギュッと引き締めました。

男爵令嬢と公爵令嬢では基本的に受けている教育が異なります。さらに王妃教育となると男爵令嬢では荷が重すぎます。

「ブリリアント・バークレイ男爵令嬢は王妃教育がキツイという苦情と、王妃さまからの嫌味もキツイという愚痴を吐いているみたいだ。他の貴族から聞いたよ」

「あの王妃さまでしたら、考えられなくないですわね」

王妃さまは王太子殿下を溺愛されているのです。たった一人のお子さまですし、男の子で次期国王ですから可愛いのはわかります。

しかし未来の国王となられるお方があのようになってしまったのは、王妃さまの責任でもあると思うのです。

「だからクラウディア。お前を連れ戻し、側妃に据えて仕事をさせる、とバカたちが騒いでいる」

「……はぁ？」

語尾上がりの『はぁ？』がついうっかり出てしまいました。ちょっと下品でしたね。

お兄さまも、王太子殿下をバカと言ったら不敬になりますので気を付けてください。

「それで、お父さまがカンカンに怒ってらっしゃるのだ」

お父さまが怒ってらっしゃるの？　それは大変。イライラは健康によくありません。

それにお父さまは権力も政治力も持っていますから、本気になったらいろいろとできてしまいます。あまりややこしい事態にならないといいのですが。

「あのバカ、本気で『辺境伯との結婚を取り消してクラウディアを呼び戻す』と言っているらしい」

「まぁ、なんてことかしら！」

あのバカ、わたくしとアレクサンドロさまとの仲も裂くつもりなのかしら。

それは許容できません。

チラリと見ると、アレクサンドロさまの眉間にもギュッとシワが刻まれています。気分を害されているようです。

これは脈アリ。脈アリのサインですわよね？　バカに腹を立てつつもわたくしは希望のサインを見逃しません。

「バカは何をするか、わかったもんじゃないからな。十分に注意をするように」

「わかりましたわ、お兄さま」

「セシルさま、ご安心ください。クラウディアさまの安全は、エクスタイン公爵のご依頼通り、私どもが責任を持ってお守りします」

まぁ。わたくしのことはアレクサンドロさまが守ってくれるそうです。嬉しいわ。

「ありがとうございます。妹をよろしくお願いいたします」

お兄さまも安堵されています。これはもう……家族公認ということでよろしいですね？

お父さまに白い結婚ではなく本当の結婚をしたい、とさりげなく匂わせた手紙を出した効果があったようです。

「いやぁ。白い結婚の話が出たときにはどうなることかと思っておりましたが。アレクサンドロさまにお会いできて、ようやく安心することができました」

「安心していただけて良かったです。私もコルネリア辺境伯としての社交をおろそかにしていたこと、反省しております」

「これからは、もっと頻繁に王都のほうにも顔を出していただけると嬉しいです。妹の顔も見られますしね」

「そうですね。これからは……ええ。そのようにしたいと思います」

あら？　なんだか良い感じの雰囲気になってきたような気がします。

「あー。安心したら、急に疲れが……」

いえお兄さま。今までも大概ヘロヘロでしたよ。

「それでしたら地元の温泉を試してみませんか？」

「温泉？」

アレクサンドロさまの提案にお兄さまは不思議そうな表情を浮かべましたが、わたくしは即座に飛びつきます。

「温泉っ！　わたくしも行きたいですわ」

そうでした。辺境伯領には温泉があるのです。

メイドちゃんたちに聞いたら、スパなども併設されていてピカピカにしてくれるらしいので興味津々。わたくし、ピカピカになりたいですっ！

「では、皆で行きましょうか？　せっかくセシルさまもおいでになっていることですし、今日は私もご一緒しますよ」

「……！」

喜びのあまり言葉が出ません。これは実質デート。デートということでよろしいでしょうか、アレクサンドロさま！

こちらに笑顔を向けるアレクサンドロさまが眩しくて、わたくし、つい俯《うつむ》いてしまいました。

嫌なのではなく恥ずかしがっているのだということを、赤くなっているであろうホッペと耳から感じ取ってくださいな、アレクサンドロさま。

◇◆◇

辺境伯領の繁華街へとわたくしたちはやってきました。城から一番近い市街地です。

わたくしとお兄さま、アレクサンドロさまの三人と護衛たち。もちろん、リデアとサムも一緒にいます。

「お兄さま、ここがコルネリア辺境伯領ですわ」

「ふふふ。クラウディアだってまだよく知らないのに、まるで自分の生まれ育った土地のような顔をしているよ」

わたくしが胸を張って案内するのを見て、お兄さまは笑っています。

「まぁ。からかわないで、お兄さま。ここが、わたくしの第二の故郷になりますのよ」

「はい、はい。わかったよ、クラウディア。ごめんね、アレクサンドロさま。妹は気が強くて大変でしょう？」

「いえいえ、そんなことは……」

呆れた表情を浮かべ大げさに言うお兄さまに、アレクサンドロさまは苦笑を浮かべて対応しています。あの苦笑はわたくしの気の強さにではなく、お兄さまに向けられていると信じましょう。

本日は目的地が温泉ですから皆軽装です。温泉から少し離れた所で馬車を降り、街を見ながら歩いて向かう予定となっています。

「お前たちは馬車を預けたら休憩にしていいからね」

アレクサンドロさまが言うと、御者《ぎょしゃ》のカルロが首を振ります。

「いえ、旦那さま。今日は馬たちのものを見て周りたいので」

「ああ、それで馬丁《ばてい》のトムも一緒だったのか」

「はい、旦那さま」

黒髪黒目のマッチョなカルロが答える横で、そばかすだらけのトムが赤毛の頭を下げます。これからカルロたちは買い物に行くようです。

「これからは奥さまの馬も必要になりますから。女性が使われるのでしたらそれなりのものを御用意したいのです」

「まぁ。ありがとう、トム」

きゃー。奥さまですって。きゃー！

トムが茶色の瞳をキラキラさせて話すのを聞いたわたくしは、ちょっと興奮してしまいました。

「トム。クラウディアさまは、まだ奥さまではないよ」

「はい旦那さま。わかっております」

トムが答えるのを聞きながら、わたくしの横でお兄さまがニヤニヤしています。

公式のお披露目か告知が行われるまでは、わたくしは使用人たちにとって奥さまではありません。

使用人たちからわたくしが『奥さま』と呼ばれるとき、それは本当の結婚が叶ったときです。

そんな時が来るのかどうかは、わたくしにも分かりません。でも、お兄さまの様子からして希望はあるように感じます。

「ふふふ。時間の問題だけど。呼び方が変わるのもイベントの一つだからね」

「もぅ。お兄さまったらぁ」

お兄さまがすかさずからかってきますけれど。あ、いけません。わたくし、表情が緩んでしまいます。

「私たちの馬もお願いできるかな？」

「はい、シモンズさま。私がお預かりします」

トムが護衛たちの馬の手綱《たづな》を受け取りました。

「護衛の馬を預けてしまうとは。それだけ平和ってことかな？」

お兄さまがコソッと聞いてきましたので、わたくしは大きくうなずきました。

トムが護衛たちの乗ってきた馬を引いて行き、カルロが馬車を操って去っていくのを見送りながら、わたくしは街の中を見回します。王都とは違うタイプの活気がある街なので、のどかというイメージはありません。

辺境伯領だから田舎《いなか》。田舎《いなか》だからのどか。そんな単純な話ではなかったことを実感します。

人々は目を輝かせてスピーディにシャキシャキ歩いていて、ほのぼのした田舎《いなか》感はないです。元気で活気のある街は、商機を逃さない抜け目なさも感じさせます。

まだ午前中ではありますが買い物客が繰り出してくる頃合いです。店舗が開く時間になれば市場の人出も落ち着いて、商店街のほうが賑やかになってきます。

商店が買い物客を受け入れる態勢も万全に店を開け、呼び込みの声が賑やかに響いている中をわたくしたちは進みます。辺境伯領は今日も元気です。

「歩いて移動できるとは。治安がいいのだね、アレクサンドロさま」

「ええ。他所《よそ》の事情には疎《うと》いのですが、この辺りの治安は悪くはないですね」

お兄さまが感心したように言うのを聞いて、アレクサンドロさまは笑みを浮かべました。

「王都も治安は悪くはないですが、庶民が買い物をする辺りと貴族街では差があります。これほどまでに治安に差がないのはすごいですよ。これもアレクサンドロさまの功績ですね」

「ありがとうございます、セシルさま。領民たちが皆、頑張っているおかげです」

アレクサンドロさまは嬉しそうです。領民たちの活躍もまた、アレクサンドロさまにとっては我がことのように自慢なのでしょう。

「そうですか……そう言えば、この辺りの方々は体格がいいですよね」

「お兄さまも、そうお思いになります？」

「ああ。年齢もよくわからないね。シワが多かったり白髪だったりして、お年寄りかなと思うような人でも姿勢が良くてシャンとしているから」

お兄さまが道行く人たちをマジマジと見ています。不作法に見えますから適度なところで止めてほしいです。

「そうなのですよ。みなさん、姿勢もよろしくて……。筋肉の力《マッチョパワー》かしらね」

「筋肉の力《マッチョパワー》？」

「皆さま、筋トレなどされているようですわ」

「ほう」

お兄さまの反応を見て、アレクサンドロさまが楽しそうに口を開きます。

「ここでは皆が体を鍛えることに積極的なのですよ、セシルさま」

「そうなのですか」

「おかげで健康な者が多いですし、変な輩《やから》が来ても撃退できますから治安が良いのです。経済的にも、貿易などもあり恵まれていますからね」

「それは羨《うらや》ましい。書物で学ぶのと、実際に見るのでは得られる知識が違いますね。王都に籠《こも》りきりでは得られない情報です。いやぁ、来てみて良かった」

ニコニコしているお兄さまに、笑顔を向けるアレクサンドロさま。そんな二人を見ているわたくしも笑顔になります。

「これからお連れする温泉も良い所ですから。楽しんでいってください」

「はい」

アレクサンドロさまの言葉に、お兄さまの笑顔がよりいっそう輝きました。

「疲れが取れるとか楽しみでしかない」

つぶやきを聞く限り、お兄さまは相当お疲れのようです。若いからといって無理しすぎないでいただきたいわ、などと思っている間に、シュロの木が立ち並び、奥に大きな建物がある場所が見えてきました。

「あそこが温泉です。施設内には食堂などもあり、いろいろと楽しめるようにしています」

アレクサンドロさまが指さして説明してくれました。

「まるで山に貼り付いているような建物だね」

「そうね、お兄さま。神殿風の建物が素敵だわ」

風雨によって綺麗に削られた山肌を利用して作られた施設のようです。

「この一角に温泉施設があるのです。奥まった場所のように見えますが、街の外れというわけでもありません。あの山の向こうまで街が広がっています」

アレクサンドロさまの説明を聞いて、お兄さまが感心するようにうなずきます。

「広い街なのですね」

「こちら側は平地ですが、向こう側は坂が多くて、庶民が暮らす街が広がっていますよ。小さな店舗を構える職人が多く住む地域でもあります」

「領地に職人さんなども多く抱えてらっしゃるのですね」

アレクサンドロさまが手で示す先を見ながら、お兄さまは言いました。たしかに坂になっている通り沿いには遠目でもわかるほど店舗の看板がたくさん見えます。

「ええ。農業も工業も盛んなので。ここにたくさんのシュロの木が生えていますが、これも特産ですね。育てている農家も多いですし、これを扱う職人も多くいます。縄やホウキ、ブラシやタワシなどを作っている職人です。シュロの葉や実は生薬としても使えますので、それに関わる商人や薬師も多いですよ」

交易だけでなく産業もしっかりあるのは良いことです。辺境伯領が豊かな理由を垣間見たような気がしました。わたくしはあたりを微笑ましげに見やるアレクサンドロさまに視線を移しました。

「それで、この領は豊かなのですね」

「まぁ辺境の領なりにいろいろとやっているのですよ」

「御謙遜を。交易も盛んで、地元に産業も根付いていて、温泉まである豊かな領地ですわ」

我が国にも貧しい領地はありますが、これだけ栄えていれば立派な実績と言えるでしょう。

「王都に比べたら、まだまだです。貴女《あなた》も長く暮らすようになれば不満が出てきますよ」

「あら。そうなったらそうなったで、わたくしが改善してみせますわ」

わたくしが胸を張るのを見て、お兄さまが揶揄《からか》うように言います。

「おや、我が妹は逞《たくま》しいね」

「ええ、辺境伯領の皆さまに負けてはいられませんもの」

「すっかり地元民気取りだね。本当にもう、我が妹ときたら……」

「笑うなんて酷いですわ、お兄さま」

わたくしはケラケラ笑っているお兄さまの腕をペシペシと叩きます。そんなわたくしたち兄妹をアレクサンドロさまは微笑んで見ていました。

シュロの木が生い茂る門を抜けると、白亜の大きな建物が現れました。わたくしはそれを見て思わず感嘆の声を上げました。

「まぁ、素敵。近くで見ると神殿みたい。変わった造りの建物ですのね？」

「ええ。観光で来られる方も多いので、非日常を味わえるように凝《こ》ったデザインにしたらしいのですが……。そうしたら神殿に似てしまったらしく、評判は……褒めてくださる方と、そうでもない方と半々くらいです」

アレクサンドロさまが眉尻を下げます。

「あらあら。なかなか大変なのですね」

世の中というのは難しいものですのね。わたくしも注意しなければ。

「異国の方もいらっしゃいますから、受け止め方はいろいろですよ。さてここからは男性と女性で分かれるのですが……大丈夫だね？」

アレクサンドロさまがシモンズに声をかけます。

「はい、私が同伴できるところまではご一緒しますし、中は安全ですから大丈夫だと思います」

「ふふ、よろしくお願いします。じゃ、妹を頼むよリデア」

「はい、セシルさま」

アレクサンドロさまは各々の連絡が終わったのを確認すると、わたくしに向けてにこりと目を細めました。

「では、あとで中の食堂で合流しましょう。楽しんできてくださいね」

「ええ、アレクサンドロさま。それではあとでね、お兄さま」

「ああ。クラウディアも楽しんでおいで」

もちろんそのつもりです。温泉は初めてですし、わたくし楽しみですわ。

◇◆◇

「ここが温泉ですの？」

「はい、そうです。お客さま」

わたくしが担当者に案内されて辿《たど》り着いた先には、広めの浴室と、そこに繋がった施術室がありました。

「天井が高くて開放感があるわね、リデア」

「はい、とってもリラックスできそうです」

大理石をたっぷり使った室内は、高級感がありながら心安らぐ雰囲気にあふれています。

「公爵家の浴室も粗末ではなかったけれど。ここと比べてしまうと普通ね」

「ふふ。非日常感をお客さまに味わっていただくことも、私たちの役割だと思って日々、努力しております」

「たしかに。この雰囲気は、手練《てだ》れの侍女でもなかなか出せませんわ」

リデアが感心したようにうなずいているのを見て、わたくしは思わず笑ってしまいました。それだけリラックスした雰囲気だということにしておきましょう。

浴室内には温泉の柔らかな香りに加え、花やハーブの良い香りがします。大理石の広い浴槽には、たっぷりのお湯。浴室内には小ぶりの木が植えられた鉢や花が飾られていて、自然を感じながら開放的で華やかな雰囲気を楽しめるようになっていました。

「屋敷の浴室では、できないことよね」

「こちらの湯船には温泉が引き入れてありますので、お屋敷とは違った楽しみ方をしていただけますわ。しかも湯量が豊富なので、かけ流しになっていますの」

「かけ流しというのは？」

耳慣れない言葉にリデアが首を傾げますが、担当者は即座に答えてくれました。

「かけ流しというのは、新しいお湯を浴槽に注ぎ続ける方式のことです。営業時間内は、源泉からのお湯を注ぎ続けるようになっています」

「まぁ、贅沢だわ」

わたくしは思わず声を上げてしまいました。

「では、お湯はいつも綺麗で清潔ということですね？」

「はい、そうです。美しく清潔に保たれた空間であることも、贅沢な非日常感を体験していただく上で大事なことだと考えております。とはいえ、剥《む》き出しの岩肌や植物など自然のものを飾り物のように使っておりますと、砂や葉などが入り込んで不潔に見えてしまうことがあります。ですので、快適にご利用いただけるよう、清潔を保つことも心掛けております」

「細かな気遣いをされているのね」

「ありがとうございます。温泉のほうも自然の恵みをそのまま楽しんでいただけるよう温度調整のための水も加えず、ちょうどいい温度になるように時間をかけて用意していますので、自信を持ってお勧めできますわ」

担当者の説明にリデアは何度もうなずいています。侍女納得の贅沢さです。とはいえ、温泉と言えば気になるのは効能です。

「この温泉には、何か効果があるのかしら？」

「はい。ゆっくり浸かっていただくことで身体の強張《こわば》りを軽減してくれますし、老廃物の排出を促し、血行を良くすることができます。美容や健康に効果が期待できますのよ」

わたくしの問いにも担当者はすぐに答えてくれます。

「まぁ、それは楽しみね」

「あと、こちらの施術室でマッサージを受けることもできます。他国から取り寄せたパックやオイルなどもありますので、ぜひお試しください」

自宅でも使用人たちによるマッサージを受けられますが、専門の方の施術は普段とは違った特別なものが受けられそうです。

「それは気持ち良さそうね。ねぇ、リデア。今日は一緒に温泉とマッサージを楽しみましょうよ」

「ですが……」

「いいじゃないの。こちらなら専門の方がいろいろとしてくださるのですもの。リデアも一緒にリラックスしましょう。それに体験すればマッサージの腕も上がるかもしれないわよ」

「はい……お嬢さまが、そうおっしゃるなら……」

うふっ。こんなに広い湯船ですもの。リデアと二人で一緒に入っても、ゆったりと浸かることができますわ。

「辺境伯領に、こんな素敵な所があるなんて。私、知りませんでしたわ」

「情報通のリデアでも知らないなんて。王都でも知らない方は多そうね」

悔しそうな表情のリデアを横目にわたくしがそう言うと、担当者の方もうなずきながら補足してくれます。

「実際、王都からおいでになる方は少ないですわ」

「あら、やはりそうなのね」

こんなに良いところなのに知らないのはもったいないわ。これは宣伝活動に力を入れるべきでしょう。

「ここへ来られるお客さまは、貴族の方というよりも他国から辺境伯領へ貿易のためにやってくる商人の方が多いのです。女性用ですと、旦那さまに付き添って来られる奥さま方が主なお客さまになります」

「そうなのね。独身女性、特に貴族の方は、どの程度いらっしゃるのかしら？」

「あぁ。貴族の女性となるとほとんどお越しになられないですね。来るとしてもこの近くの領の方で、王都にお住まいの方々はお見かけしません」

「まぁ。それはもったいないわね」

「嬉しいお言葉。ありがとうございます」

知られていない、ということは損なことだとわたくしは思います。辺境伯領にとっても、王都にいる貴族の方々にとっても。

「まずは試してみましょうか。さぁ、リデア。一緒に楽しみましょう」

「はい、お嬢さま」

そして、わたくしとリデアは思いきり温泉を満喫させていただきました。

体の芯までぽかぽかになってとても気持ちが良かったです。

こんな素敵な温泉が侍女のネットワークにも引っ掛からないなんて、辺境伯領の温泉は冷遇され過ぎだと思います。

早急に改善すべきですわ。

◇◆◇

「良い香りね」

「そうですね、お嬢さま」

「こちらのオイルは隣国から取り寄せたものでございます」

温泉を堪能したわたくしたちは、マッサージの施術を受けるために施術室に移動しました。淡いベージュを基調として設《しつら》えられた施術室は、シンプルながらも上品なイメージです。もちろん清潔感のある部屋で、リネンの類も良い香りがします。

「わたくしとリデアのものでは、香りが違うのね？」

「はい、お客さまの施術では薔薇《ばら》の花から抽出したエキスを使っております。侍女の方には、ラベンダーをブレンドしたものを選ばせていただきました」

それぞれの客によってリネンの香りやオイルを変えるなんて、とても工夫が凝《こ》らされていますわ。

「どのような効果があるのかしら？」

「薔薇《ばら》の抽出エキスには女性の体を整えてくれる働きが期待でき、また保湿効果や肌の炎症を抑えてくれる働きもあります。お客さまは吹き出ものにお悩みなのですよね」

「そうなのよ。早く治したいわ」

「ふふふ。ご安心ください。温泉の効果とマッサージの効果でバッチリですよ。お顔には、白泥《はくでい》を塗布《とふ》させていただきます。毛穴に詰まった汚れを落とすことができますし、あとから使う化粧水の浸透も良くなるのですよ」

「まぁ。楽しみだわ」

　これまで無理にお化粧などしていましたから、肌のダメージが気になります。今回の施術で回復すると良いのですけど。

「侍女の方は特にトラブルなどないようですので、万能な効果を持つラベンダーをご用意いたしました」

「ふふ。ラベンダーの香りは好きですね」

「それはようございました。侍女の仕事はお忙しいでしょうから、疲れがとれるようにマッサージに力を入れさせていただきます」

「ふふ。お願いします」

　それぞれに担当の方が数人ついて、パックとマッサージが始まりました。と、言っても、わたくしたちは施術用の簡易なベッドで横になっているだけです。最初は仰向けで施術を受けます。

　白泥《はくでい》のパックは滑らかで、塗ってもらう段階から気持ちが良いです。

　温泉で体が火照《ほて》っているからか少しだけヒヤッとします。香りはあるような、ないような微妙な感じです。臭くはありません。

　マッサージはオイルを使って入念に行われます。屋敷でもメイドさんたちにやってもらったりしていたけれど、専門の方のマッサージは一味違います。

　技術レベルが高いので、トロトロになって少しうたた寝をしていたかもしれません。

一通り終わったら、白泥《はくでい》のパックは落とします。

「この美容液はトロミがあってパックの役割もしてくれるのです。お肌がプリプリになりますよ」

汚れと共に白泥《はくでい》のパックを落として綺麗になった肌に、担当者がウフフと笑いながら美容液を塗《と》布《ふ》してくれました。

肌に塗ってもらっている時から心地よくて、仕上がりが楽しみです。

少し時間をおいて美容液パックが垂れ落ちる心配がなくなったらうつ伏せになり、背中側もマッサージ。足の裏までしっかり施術を受けると体の強張《こわば》りがほぐされていきます。

マッサージが終わったら美容液パックを落として、化粧水とクリームで仕上げてもらって完成です。施術が終わったあとは気分スッキリ。見た目も若返った気がします。わたくし、まだ十八歳ですけどね。

「お客さま、クマがスッキリされて肌の艶《つや》が戻ってまいりましたわ」

「ええ、本当に。本来の美しさが眩しいですわ」

「まぁ。嬉しい」

施術をしてくださる方は、マッサージだけでなく言葉のほうでも気持ちを上げてくれます。

「こちらのお客さまのお肌も、ツヤツヤですわ」

「ふふ。ありがとうございます。日頃の疲れも取れました」

「リラックスしていただけて、何よりです」

本当にリデアのお肌がツヤツヤです。マッサージや温泉以外の効果もあるような気がしますのでチャンスがあったら追及してみたいと思います。

◇◆◇

施設内は天井が高く、壁でガッチリ仕切られているわけではないので開放的です。

異国情緒を感じる設《しつら》えになっている建物内は、よく見るとあちらこちらに細かく細工《さいく》や装飾がなされています。

植物や動物を簡略化して幾《き》何《か》学《がく》模様にしたような柄が、時に色彩鮮やかに、時に石材と一体化するようにして施されています。

角を綺麗に削って磨き上げた円柱、その端々を飾る曲線が綺麗な彫刻、それらが混然一体となり心地よい空間を作り上げているのです。

素晴らしく手が込んでいるのに、一つひとつが悪目立ちすることなく統一感ある上品な雰囲気を醸し出しているのは、色使いを同系色でまとめるなどきめ細やかな工夫がされているからでしょうか。

わたくしとリデアは、施設内のキョロキョロと見学しながらアレクサンドロさまたちとの待ち合わせ場所へと向かいます。温泉施設の中は男女で分かれていますが間に大きな食堂があり、そこが待ち合わせの場所です。

食堂にはさほど時間がかからずに着きました。

大きな窓が使われていて、ガラス越しでも遠くの景色がよく見えます。

反対側には間近に迫った山肌が見える窓があり、そこから見られる厚みも色も違う地層が重なり合って作られたテラコッタ色の地層は、作り物のように綺麗です。

高い場所にはステンドグラスがはまっている窓もありますが、今日は天気が良いのでほとんどの窓は開け放たれていて気持ちの良い風が入ってきます。

食堂の奥に進むと、大きな長テーブルが並ぶ一角にお兄さまたちが座っていました。

「お兄さま、アレクサンドロさま、お待たせいたしました」

事前に食堂で合流することを決めておきましたけど、やはり男性陣を待たせてしまったようです。

「おお、クラウディア。綺麗にしてもらってきたな」

「うふふ。気持ち良かったですわ。お兄さまたちは、いかがでしたか？」

「ああ。気持ち良かったよ」

お兄さまは温泉が気に入った様子です。表情がゆるゆるになっています。用意された席に着いたわたくしは、アレクサンドロさまに話しかけました。

「わたくしたちはマッサージやパックも受けてきましたの。長くお待たせしたのでなければいいのですけど」

「そんなに待っていませんので安心してください。セシルさまにもマッサージを受けていただきましたから、私たちも先ほど来たばかりです」

アレクサンドロさまがそう言うと、お兄さまはツヤツヤの笑顔で付け加えます。

「そうなんだよ、クラウディア。私もマッサージをしてもらったんだ。体をほぐしてもらってスッキリしたよ」

「それは良かったですわ。昨日のお兄さまは、死にそうになっていましたからね」

「ああ。ちょっと張り切って、無理をしすぎたかもしれない」

お兄さまは少し照れくさそうに言うと、話題を変えるためかリデアに話しかけました。

「リデアもスッキリした顔をしているね」

「わかりますか？　私もお嬢さまと一緒に、温泉を堪能してマッサージも受けてきましたの」

「ああ、それは良かった。妹がいつも世話になっているからね。疲れるだろう？」

「ふふふ。そんなことはありませんわ」

「もう、お兄さまったら」

わたくしが堪らずに声を上げると、皆は楽しそうに笑い声をあげます。とりあえず、お兄さまのわたくしへの評価は理解しました。プウッと膨れて顔を背けると、お兄さまはわたくしのご機嫌をとるように話しかけてきました。

「ふふふ。へそを曲げないで、クラウディア。ほら、美味《おい》しそうなお料理を辺境伯さまが頼んでくれたよ」

テーブルの上にはすでに御馳走が並んでいます。海のものもあれば山の幸もあり、彩りも華やかです。

「辺境伯領の名物をいくつか注文しておきましたが。大丈夫でしたか？」

アレクサンドロさまの言葉に、わたくしは笑顔で答えます。

「はい。王都では、あまり見かけないものなので興味津々ですわ」

「ふふふ。クラウディアは意外と食いしん坊さんだよね」

「もう、お兄さまったら……わたくしは、目新しいものに興味がありますのよ」

なにせ王妃教育やら何やらで忙しかったもので王都でも出歩くことが少なく、流行《はや》りの食べ物やお店にも疎《うと》かったのです。

「それに、特定の食べ物にこだわらない、というのも、王妃教育の一環ですもの」

食に興味を持てるほどの精神的・肉体的な余裕もなかったことですし、ここは楽しむべきですね。

「あぁ。下手に褒めたりすると、そればかり出てくるようになるから、というヤツか？」

「んん〜。理由はいろいろですわ。偏りなく褒めなければいけないとか、相手国の特産品を下げるような言い方になってはいけないとか。王ならともかく、妃となるとアレコレ気にしなければいけないようです」

「ふふふ。面倒臭い所から逃げられて良かったな」

「そこまでハッキリ言ってしまうのは、不敬でしてよ。お兄さま」

おどけて言う上機嫌なお兄さまを、わたくしは少々たしなめます。それを見ていたアレクサンドロさまが楽しそうに笑いました。

「ふふ。仲良しだね」

「まぁ、アレクサンドロさま。からかわないでくださいまし」

ちょっとだけ素を出しすぎたかもしれません。頬が熱いです。

「我々は仲良しだよなぁ。な、リデア？」

「はい。セシルさまとお嬢さまは、とても仲良しですわ」

「もう。リデアまで」

お兄さまはリデアを巻き込んでわたくしをからかってきます。あとでとっちめてやらねばなりませんね。

「仲良しの兄としては、これからも度々こちらに来なければ。んー。やっぱり、オレも体を鍛えるべきかな？」

お兄さまが右腕を上げて力こぶを作る真似《まね》をしました。

「大風呂に行ってみたのだが、老いも若きも皆マッチョだったな。あそこを利用しているお客さんは身分もバラバラなのでしょう？」

わたくしたちは個室のお風呂を使いましたが、男性陣は大きなお風呂を堪能したようです。

「えぇ、大風呂は平民も来ますからね。他国からの商人はもちろん、自国の農民や職人も気分転換や療養のために温泉を利用するのです」

アレクサンドロさまの説明を聞いて、わたくしは驚きの声をあげました。

「まぁ。それはすごいわね。身分関係なく利用できるなんて。女性風呂にそんな場所はありませんでしたわ」

「ああ。女性風呂のほうは身分で分かれていますね。個室風呂はもちろんマッサージも。特に貴族の女性は他人に肌を見られることを嫌いますから」

アレクサンドロさまの説明では、男女に分かれているだけでなくお風呂の造りまで違うようです。

性別でお風呂の造りまで違うとは驚きです。

「女性風呂のほうは、個室の風呂場と大風呂が用意されています。大風呂のほうは、平民が子どもを連れて利用できるようになっていますよ」

「わたくしたちが使ったのは個室のお風呂場だったのね。大きかったので気付きませんでしたわ」

たしかに他のお客さんはいませんでしたし貸し切り状態でしたが、自宅では当たり前のことなので気付きませんでした。

「男性風呂にも個室は用意してあります。しかし女性風呂と違って数は少ないですね。騎士や兵士は皆で風呂に入ることに慣れていますし、貴族の男性も気にしない者が多いですから」

「ああ。ということは、マッサージを受ける場所も男性と女性とで違うのかな？　我々は風呂場とは違う部屋にある、簡易ベッドがズラッと並んでいる所で平民に交じって施術してもらったのだが」

「そうなのですね、お兄さま。わたくしたちは、お風呂と続きになっている場所で施術を受けましたわ」

マッサージを受ける部屋の設《しつら》えもまったく違うようです。

「男性向けのマッサージは、仕事の合間に利用する商人や職人をターゲットにしているので、手早く済ませるタイプのものなのです」

「そうなのですね、アレクサンドロさま。男性風呂と女性風呂とでは、システムがどう違うのでしょうか？」

「男性向けは個室も大風呂も身分関係なく使えるし、マッサージも受けられます。女性風呂のほうは個室は貴族の女性向けになっていて、平民は利用できません。あと女性風呂のほうは大風呂だとマッサージを受けられる場所がありませんね」

意外です。女性が喜びそうなサービスですから、大浴場にも併設されていると思っていました。

わたくしが軽く目を瞠《みは》ると、アレクサンドロさまがうなずきながら理由を説明してくれました。

「女性向けのマッサージは高いですからね。平民は利用しませんよ。オイルなどを購入して自分たちで行うのです」

「そうなのですね」

「その代わりといっては何ですが、辺境伯領は隣国から良い化粧品が入ってきますので、平民でも老若男女問わず自宅で手入れを行っている者は多いと聞いています」

「ああ、それでか？　大風呂にいた人たちの肌艶《はだつや》が良かったのは」

お兄さまが驚いたように言います。

「男性も肌の手入れに熱心なのですか？」

わたくしの疑問にアレクサンドロさまが当惑気味に答えます。

「んー。肌の手入れというわけではありませんが、男性でも筋肉のコリをほぐしたり、虫よけなどの目的でオイルやクリームは使います。その関係で男性も化粧品を使うことに抵抗がありません」

お兄さまはその説明を聞き感心したように目を丸くします。

「あぁ、目的があるのか。男性がオイルやクリームを塗るという話は王都ではあまり聞きません。マッサージや肌に何かを塗るというのは、女性がするものというイメージが強いので。辺境伯領では男性でも肌に何かを塗ることが習慣化しているのですね」

「そうかもしれません。私自身も鍛練《たんれん》後のマッサージや、虫よけのために幼いころから使っていましたから」

マッチョな方々は、そうでない方々と必要なものが異なるのかもしれません。

「住んでいる地域によって習慣は異なりますものね。でも、その違いが、観光のアピールなどに活用できるかもしれませんわよね」

「それは良いお考えですわ。お嬢さま。情報を広げたい時には、お声がけくださいませ。侍女のネットワークを使えば、あっという間に宣伝ができてしまいますわ」

「ふふ。ありがとう、リデア」

わたくしの頭は、辺境伯領を盛り上げるプランでいっぱいになっていきました。

◇◆◇

「ねぇ、アレクサンドロさま。妹は美しいでしょう？」

私に話しかけるセシルさまは、優しい目でクラウディアさまの横顔を眺めている。

「はい。美しい女性です」

私が素直な感想を言うと、セシルさまの表情はさらに緩んだ。

「兄として、妹の幸せは大切な問題です。アレクサンドロさまも、まんざらでもなさそうなのでホッとしました」

「セ、セシルさま……」

焦る私の前で、セシルさまの表情が真剣なものに変わった。

「クラウディアは、美しいだけではない。聡明で優しい子です。あなたのもとへ嫁いだなら、優しさで支えるだけでなく賢さでも支えることができるでしょう。だからこそ国母たる王妃としてあの子は求められていました。今となっては、それは叶わないことですが」

何と言っていいのかわからず、私は口ごもる。

そんな私に、セシルさまは爽やかな笑みを向けた。

「けれど。それでガッカリしたかと問われればそうでもありません。あの子を王妃にしたかったか、と言えば否だからです。あの子には王妃という重責にも耐えられるだけの精神力があります。頭も良いし性格も良いし美しい。クラウディアは完璧です。だが、あの王太子殿下が相手では話になりません」

「セシルさま……」

そこまで言うのは不敬では、と思ったが、真剣な表情に切り替わったセシルさまを前にした私は黙るしかなかった。

「私たちは……私と父は、あの子を愛しています。一番に望むのは、あの子が幸せになることです。……あなたは妹を幸せにしてくれるだろうか？」

セシルさまの空色の瞳が私を見つめてくる。相手は私よりも年齢も立場も下だけれど、真剣味を帯びた視線を前にすればそんなものは無意味だ。

身内として兄として妹の幸せのためには一歩も引けませんよ、という本気が見える。

これが『愛する人がいる者が持つ強さ』というものだろうか。私はこの本気に誠実な答えを返さなければならないと感じた。少し考えたあと言葉を選びながら私は口を開いた。

「それにイエスと答えられるほど、私はうぬぼれてはおりませんよ。幸せを約束するなど、おこがましいことです。しかもこの通り、だいぶ年上ですし……貴族らしくない。貴族というよりは、騎士や戦士というほうが相応《ふさわ》しい男です。王都にお住まいの貴族方からしたら野蛮人に見えるでしょう」

「そんなことは……」

「お気遣い、ありがとうございます。とはいえ、私が王都にいる貴族とは異なるのは事実です」

私が一般的な貴族と異なるのは自分自身が一番よく知っている。平穏の上にあぐらをかいて政略でもって上を目指すのが貴族だと思っている人たちにとって、私はあまりに血生臭い。

「クラウディアさまに非があるわけではありません。むしろ、私が足りないのです。私は私自身があの方に相応《ふさわ》しい相手とは思えない。若い彼女はこれからの人。いくらでも学べるでしょうし、いくらでも努力のできる方とお見受けします。だから、幸せにする、と断言するのは難しいです」

「……安心しました」

「はい？」

私は不意を突かれて驚いた。この話の流れの中のどこに安心できる要素があったというのだろうか。

「貴族然とした表情が崩れると、途端に若く見えますね」

クスクス笑っている若い貴族を前に、私は戸惑った。

「あなたは思慮深く誠実な方だ。それだけでも、あの子にとっては好ましい」

「いえ、そんな……」

「いろいろとおありになったことは知っていますし、私が知らないご苦労もあったことでしょう。しかしこれから先の苦労を独りで抱える必要はありません。これから先は妹と共に話し合って決めてください。問題が解決して白い結婚が必要なくなったとしても、私は妹を連れ帰るつもりはありません。そしてこの先、何か必要があった時には協力を惜しまないこともお約束いたします」

なぜそんな答えに辿《たど》り着いたのだろうか。私にはわからない。

「ですが……私は妹さんの相手として、年を取りすぎていませんか？」

「人間いつ命を落とすかなんて自分では決められませんから、年齢なんて関係ありませんよ。実際私たちの母は、若くして命を落としました。未来のことなんて誰にもわかりません」

「そう言っていただけるのは、ありがたいのですが……」

「母は早くに亡くなりました。ですが、父を見ていれば幸せであったと察することができます。私はそんな母が命と引き換えに残してくれた妹にも、同じように幸せになってほしいのです」

セシルさまは明るく笑うクラウディアさまの横顔を見つめていた。そしてこちらに向き直ると爽やかな笑顔を浮かべて断言する。

「あなたであれば大丈夫です。私の大切な妹を託します」

「セシルさま……」

私は続く言葉が浮かばずに言い淀む。

セシルさまは懐から一通の書状を出すと、そっと私の膝に置いた。

「父から預かってきたものです。あとはあなたの意思次第です」

唖然とする私の前で、セシルさまは口元に笑みを浮かべると地元の酒を口にした。

「この酒、本当に美味《うま》いですね」

セシルさまはニコニコしながら満足げに酒を呑んでいるが、こちらはそれどころではない。どうやら私には腹を決めるべき時が来ているようだ。

◇◆◇

「辺境伯領を盛り上げるために、お手伝いできることはいろいろとありそうね、リデア」

「そうですね、お嬢さま。侍女やメイドの伝手《つて》を使って、私も情報を集めてみますわ」

「うふ、ありがとう。楽しいことになりそうね」

食堂でご飯を食べながらわたくしとリデアが盛り上がっているところに、お兄さまが呼びかけてきました。

「ああ、そうだクラウディア」

「なんでしょうか？　お兄さま」

「王太子殿下のことだが……」

あのバカがまた何かしでかしたのでしょうか。わたくしにはもう関係のないことですけれど。

「もしかしたら、廃太子《はいたいし》にされるかもしれない」

「まぁ⁉」

廃太子《はいたいし》ということは、王位を継げなくなるということです。

残酷な決定のように見えますが、ライネル殿下のためにはむしろそちらのほうがいいかもしれません。

「ライネル王太子殿下を廃太子《はいたいし》にし、側妃ミレーユさまの息子であるサイクス第二王子殿下を新たに王太子にしたらいいのではないか、という話が出ているのだ」

「第二王子殿下を、ですか……」

王妃さまの産んだお子さまはライネル王太子殿下お一人だけですが、側妃であるミレーユさまの所にもお子さまがいます。たしか、ミレーユさまの所には、第二王子殿下と第三王女殿下がいらしたはずです。

「王子のいる側妃さまは、ミレーユさまお一人しかおられない。サイクス第二王子殿下は、まだ八歳。それならば、我が家の親戚筋から婚約者をたてることが可能だ」

「ええ、それでしたら……そうですわね」

八歳以下の女児であれば、何人か候補になれる令嬢がいます。それにエクスタイン公爵家が後ろ盾になれば、あまり立場の強くないミレーユさまも、王妃さまと同等以上の後ろ盾を得ることが可能です。

「国王陛下次第でもあるが……今回のことについては、さすがに国王陛下も考えるところがおありになるようだ」

「王妃さまは、何と？」

「そこが問題でね。王妃さまには他にお子がいらっしゃらないから……」

「そうですわね。すんなりと受け入れられるようなお方ではありませんわね」

提案を受け入れられる賢さがおありになったら、ライネル王太子殿下が愚かなことをしでかす前に何らかの手を打っていると思います。

そもそも、キチンとお育てになっていたらあのようなバカには……コホン。

「ああ。王妃さまは反対なさっているようだ。なんといっても王妃さまの後ろ盾は強いからね。ことはそう簡単にはいかないかもしれない」

「そうですわね」

だからといって、あのピンクのふわふわした髪に赤い目をしたブリリアント・バークレイ男爵令嬢を次期王妃にするわけにもいきません。国の恥です。

ライネル王太子殿下とブリリアント・バークレイ男爵令嬢が二人並んで国賓をお迎えする所なんて想像できませんし、したくもないです。他国から攻め入られて瞬殺されそうで怖いわ。

「そんな状況だから、王妃さまの後ろ盾となっている貴族たちを中心に『再びお前を王妃に』という動きがないわけでもない」

「えっ？」

今更なんですか。冗談ではありません。

「お前を王妃に、という案と。側妃に、という案があるようだ」

「どちらもお断りですっ！」

なんという屈辱。プンとむくれるわたくしを見て、お兄さまは苦笑した。

「あぁ、わかっているよ。それとクラウディア、お前と辺境伯さまの結婚は、王令ではなく、王命に変えられていたよ」

「いつの間に!?」

「しれっと、さりげなく、だ」

呆れてものが言えません。重要な書類の不備をしれっと変えるのは信用問題に関わります。わたくしとしては王令のままでも一向に構わないのですけど。むしろ憲法にでも法律書にでも、わたくしとアレクサンドロさまの結婚についてバーンと書き記していただきたい。

「こう、しれっと、さりげなく、変えてくる辺りがもう……父上は怒ってキレまくるし、私としても信用ならないというか……油断できない感じがして落ち着かないのだよ。クラウディア。気を付けておくれ」

「はい、お兄さま」

高位貴族の信頼を得られない王族って、どうかと思うのですが。

あと、お兄さま。誰に聞かれるかわからないこんな場所で王位継承の話をされるのは、リラックスしすぎだと思います。

◇◆◇

まだ日の高いうちにと、温泉から帰ってきて一休みしたお兄さまは王都に向けて出発です。

「お兄さま、気を付けてお帰りくださいませ」

「ああ、わかっているよ。クラウディア」

来た時とは違ってお兄さまはシャッキリした表情をしています。温泉が程よく効いたようで良かったです。

「お父さまにも、よろしくお伝えくださいね」

「ああ。わかった。クラウディアは辺境伯領で元気にやっている、と伝えておくよ」

「ふふ。実際、元気ですわ。タイラー、お兄さまをよろしくね」

わたくしはお兄さまの護衛に声をかけました。

「はい。お任せください、お嬢さま」

タイラーは若くて筋肉があるから、より安心感があります。シモンズと護衛を代わっても平気ね。

それに比べるとお兄さまは……うん、書類作業向きのお体。無事帰宅できるか心配です。

「そんな顔しなくても大丈夫だよ、クラウディア。帰りは宿で一泊していくから」

「それなら安心ですわね」

大丈夫かどうかは筋肉量にもよると思いますが、あえてそこには触れません。

マッチョなお兄さまなんて想像できませんけれど、それはそれで頼もしくて素敵だと思います。

「次に会う時までには鍛えておくよ。オレがマッチョになっていて驚いても知らないぞ」

「うふふ。そんな驚きなら大歓迎ですわ」

「セシルさま、お気を付けてお帰りください。公爵にも、よろしくお伝えください」

「ああ、アレクサンドロさま。父には、安心してください、と伝えて構わないのですか？」

「……はい」

アレクサンドロさまが何かを決意したような凛々しい表情でお兄さまに答えます。

「では。なるべく早く妹を嫁に貰ってくださいね」

「お兄さまっ⁉」

「ふふ。鋭意努力いたします」

「えっ⁉　アレクサンドロさま⁉」

驚いて声を上げるわたくしと、冷静に返事をするアレクサンドロさま。形勢逆転の観があります。

いつの間にか本当の結婚話がまとまっていたようです。貴族の結婚は家長同士の話し合いで決まりますから、当事者が蚊帳《かや》の外なんてことは珍しくはありませんが。本当の本当に、わたくしはアレクサンドロさまの妻になれるのですか？　本当に？

　わたくしの戸惑いをよそに、セシルお兄さまがとてもよい笑顔を浮かべています。

「おっ。頼もしいですね。では父にその旨を伝えておきます」

「はい、お願いいたします」

「アレクサンドロさま……」

　なんだか良い雰囲気です。ちょっと……と、いうか、わたくし、だいぶドキドキしてきました。

「お前は……これで良かったんだな？　これでいいんだな？」

「はい。お兄さま」

　わたくしは改めて聞かれて、ここ一番のとっておきの笑顔をお兄さまに向けました。

「わたくしは、ここに来られて幸せですわ」

「そうか……」

　感慨深げな、安堵とも諦めともつかぬ表情を浮かべて、お兄さまはわたくしを見つめてきます。

「ふふ。変なお兄さま」

「いつものことだろう？　妹が好きすぎるだけのただの兄だよ、私は」

「ふふふ」

「セシルさま。そろそろ出発しませんと……」

　わたくしとお兄さまは少しだけ顔を赤くして笑い合います。

しかしもう時間がないのか、遠慮がちにタイラーが声をかけてきました。

「ああ。わかっているよ、タイラー」

「お兄さま、お気を付けて」

「ああ、お前も健康に留意して頑張れ」

お兄さまたちは颯爽《さっそう》と馬にまたがると元気に出発していきます。あっという間に跳ね橋を越えて城の外へと消えていき、姿が見えなくなってしまいました。

すぐにまた会えるでしょうけれど……ちょっと寂しいです。

◇◆◇

お兄さまが帰られたあと。アレクサンドロさまと二人で摂《と》った夕食はとても静かなものとなりました。

会話は少なく、アレクサンドロさまは何かを考えているようで、心ここにあらずといった感じです。

「クラウディアさま。バルコニーへ出てみませんか？」

食事が終わったあとアレクサンドロさまに誘われて、わたくしたちはドアからバルコニーへ出ました。

日中は暑いくらいでも夜ともなれば涼しく、季節が秋へと変わり始めていることを感じます。

淡く輝く満月が藍色の夜空にぽっかりと浮かび、その周囲では星々が輝く。

屋敷の夜は昼間の喧騒《けんそう》を忘れたかのように静かでした。

わたくしはゴツゴツした感触の手すりに手を置いて空を見上げ、名も知らぬ星々を目で辿《たど》っていきます。

隣ではアレクサンドロさまが、何を言いたいのか言葉を探しているような気配がします。

ためらうような息遣いも聞こえますし、話したいことがあるのなら早く言ってほしいです。

胸がドキドキと騒がしくて困ります。冷静さを装いつつも、わたくしの心は期待と不安が入り混り大変なことになっています。

そんな自分の思いから目を逸らすように、月影で藍色に染まる雲が過ぎ去るのを待っていました。

夜風が運ぶのは濃い緑の匂い。

二人並んでバルコニーに立っていると安らぎと静寂、実りの気配をも含んだ秋の風に、アレクサンドロさまの香りが混ざりこむのを感じます。

そして、ついに静寂が打ち破られました。

「クラウディアさま」

「はい」

「私はすでに三十八歳。貴女《あなた》とは、二十も年が違います」

知っています。顔は星々に向けたまま、なるべくさりげない口調でわたくしは言います。

「はい。キリの良い数字で、覚えやすくていいですわ」

「この銀髪も、加齢と共に白髪に見えるのでは？　と思うようになりました」

白髪？　何をおっしゃいますやら。

「美しい銀髪ですわ。たとえ白髪になったとしても、その美しさが損なわれることなどありませんわ」

「日焼けも気にしてこなかったから、年の割にシワも多いです」

「表情が柔らかく見えて素敵です。アレクサンドロさまは、背も高く、筋肉もしっかり付いている立派なお体をされているのですもの。整った美しい顔立ちと相まって、人を寄せ付けない隙のなさがございます。ですから、表情を柔らかく見せるシワがあったほうが、近づきやすくていいですわ」

極力さりげなく、思いはたっぷり込めて。空を見上げたまま、わたくしは答えます。

「私には太刀傷《たちきず》も、あります」

「知っております。昔々の古傷ですわよね」

「私は……私には、婚約者《マリーベル》を失った過去があります」

「……存じておりますわ」

本題に入ったようです。

知っているからこそ、アレクサンドロさまの表情を見られませんでした。

過去に封じ込まれることなく、マリーベルさまへの愛が生き続けていたらどうしましょう。アレクサンドロさまの本心を知るのが、わたくしは怖い。怖いけれど、知りたい。

わたくしは、星々を眺めながら耳を澄《す》まします。

「私は……彼女を救うことができませんでした。父も、母も。救うことはできなかった……」

掠《かす》れ気味の力のない声。アレクサンドロさまらしくない張りのない声が、わたくしの心には痛いです。

「私は、家族を守れなかった男です。力があっても、愛する者を守れなかった男なのです、クラウディアさま……」

『家族』

マリーベルさまは、アレクサンドロさまの中ではすでに家族だったのですね。

「私は……不安なのです。怖いのです。愛する人を持つのが……また失ったら、と思うと……」

失うことの怖さは、あなたを好きになったことでわたくしも覚えました。

「それでも……それでも、貴女《あなた》はいいと、言ってくれるのでしょうか？」

跳ねるように顔を上げて彼のほうを見ると、わたくしの視界いっぱいにアレクサンドロさまの美しい顔が映ります。

その顔に意外なものを見て、わたくしは目を見開きました。青く澄《す》んだ瞳が潤《うる》んでいます。みるみるうちに盛り上がっていく涙は、やがて粒となって滑り落ちていきました。

泣いている。辺境の屈強な男性が、わたくしの前で泣いています。

涙の意味を今のわたくしが理解できているかどうかはわかりません。でも返事は早くすべきです。

「もちろん」

わたくしは掠《かす》れる声で答えました。

ポロポロと流れ落ちていく涙にアレクサンドロさま御自身が気付いていないのか。元々、そのような泣き方をされる方なのか。今のわたくしにはわかりません。

でも知りたいです。あなたの側で生きながら、あなたのすべてを知りたいです。

「それでも構いませんわ」

手すりに置かれたアレクサンドロさまの手の上に、わたくしのそれを重ねる。

「わたくしは……あなたのお側にいたいのです」

アレクサンドロさまの手は小さく震えていました。そしてわたくしの手も震えていることに、アレクサンドロさまの手に触れることで気付きました。

「人は独りでも生きてはいけます。特にわたくしたち貴族は伴侶など持たなくても生きてはいけます。でも……それだけでは、あまりに寂しいですわ……」

独りでは気付けない何かがある。それに気付き、拾いながら共に生きる相手がいれば。その先の人生は豊かになるはずです。

「あぁ……貴女《あなた》を泣かせるつもりなど、なかったのですが……」

アレクサンドロさまが指先で私の目元をそっと拭う。わたくしは、自分も涙を流していることに気付いておりませんでした。

「クラウディアさま……」

温かく大きな手が、わたくしの頬を包む。すくい上げられるようにして上を見ると、そこにあるのはアレクサンドロさまの青い瞳。

「……クラウディア……」

呼び方から敬称が甘く溶けていきます。アレクサンドロさまの中で何かが変わった瞬間です。アレクサンドロさまの美しくも男らしい顔が近づいてきて、わたくしはそっと目を閉じます。

唇に温かなものが一瞬だけ柔らかく触れて、すぐに離れていきました。

軽く唇をそっと重ねるだけのキス。これが今の二人の距離。幸せな甘さを含んだ遠慮がちで少し遠い距離。

この敬意や尊重を感じさせる距離が、将来そこを埋めていくであろう感情や出来事が、わたくしに未来への明るい希望を感じさせてくれたのでした。

◇◆◇

王太子であるボク、ライネル・カルネードは、愛するブリリアント・バークレイ男爵令嬢を伴ってコルネリア辺境伯領に降り立った。

「ここがコルネリア辺境伯領かぁ～」

「ライさまぁ～。ブリちゃん、疲れちゃいましたぁ～」

「あ～、よしよし。王都からここまでは、遠かったもんなぁ。疲れたよなぁ」

「はいぃ～」

愛するブリちゃんの頭をナデナデしてあげる。今日もピンク色の髪はツルツルスベスベで気持ち良い。

「にしても、やはり辺境。蛮族が多いな。次期国王であるボクがここにいるのに、気付きもしないっ」

不敬である。ホントに不敬である。

少しは気付けよ蛮族め。

たしかにお忍びでの訪問ではある。忍びすぎて国王陛下の許可も取らず、側近たちの目をかいくぐっての訪問だ。

もはや強行突破である。

愛の逃避行の勢いすらある旅であったが仕方ない。ボクたちは愛し合っているのだから。

とはいえ、まったく気付かれないというのも腹が立つ。

隠しても隠し切れない輝きに気付きたまえよ。

愛するブリちゃんに良いとこ見せたいボクの切ない恋心をわかれよ。

「そうですねぇ〜。ライさまの輝きに気付かないなんてぇ〜。辺境伯領の皆さまは、おバカちゃん注意報ですわねぇ〜」

ボクはいつもの服の上からフード付きのマントを羽織っている。

宝石こそ付けてはいないが、王家の紋章が入った指輪はそのままだ。

「変装しているからといって気付かないとか。あるか？　ないだろ！」

「ライさまの輝きは、フードなどでは隠せませんのにぃ〜。辺境伯領の皆さまは、おバカちゃんですわぁ〜」

ブリちゃんもフード付きのマントを羽織っている。

耳元には宝石の付いたイヤリング。スカーフやマントの下に隠れてはいるが、首元には豪華なネックレスが輝いていた。

美しく化粧まで施しているというのに、この輝きに気付かないとは。やはり辺境の民は美を理解できないようだ。

「こちらをちらちら見ているようだが。ボクが王太子であることは気付いてない」

「あれですわよ、ライさま。田舎《いなか》特有の、よそ者が来たときの反応ですわ。きっと」

「あぁ、それだな。ちらちら見ているのに、王太子に気付かないとは。不敬である」

「キャー、ハッキリ断罪できるライさまってば、ステキ〜！」

ボクとちらちら目が合っている者もいるというのに『王太子殿下ですか？』の一声がかけられないとは。

やはり辺境の民は教養が足りないな。

「でも、ライさまぁ〜。護衛の方々をおいてきちゃって、危なくないですかぁ〜？」

「いやいや、ブリちゃん。王家付きの護衛には、影と呼ばれる者たちがいるのだよ。だから、見えない所でボクたちは守られているのさ」

「まぁ。なんだかよくわからないけど、ライさま、カッコイイ〜」

ボクは控えめでニヒルな笑みを浮かべた。鼻高々といった笑いまでいくのはやり過ぎだ。控えめにしてこそ乙女の心には効く。

実際に見ろ。愛するブリちゃんの目は、恋する乙女のハート型になっているではないか。

可愛いな、ボクのブリちゃんは。無愛想な冷酷女のクラウディアとは大違いだ。

「こんな辺鄙《へんぴ》で何もない田舎《いなか》まで来てやったんだ。クラウディアも感謝してボクたちの言うことを聞くだろう」

「そうですわよねぇ～、ライさまぁ～」

「ブリちゃんが無理して王妃教育など受ける必要はないのだ。長い時間をかけてゆっくり学んでいるクラウディアを使えば済むこと。そこをハッキリ言ってやるぞ」

「うぅ～ん。ライさま、ステキ～」

愛するブリちゃんの言葉にボクの鼻の下が伸びるのがわかる。だらしなく見えるかもしれないが仕方ない。

可愛い恋人の前では、恋する男は無力なのだ。

それにしてもクラウディアもクラウディアの父親も、どうしてあそこまで気が回らないのだろう。

王族、それも未来の国王であるボクに、あそこまで気が使えないというのは問題だ。

「エクスタイン公爵も融通が利かない男だな。公爵が承知してくれればクラウディア如き、簡単に扱えるというのに。クラウディアを側妃にして表向きの仕事をこなさせれば、まったく問題はないのだ。アイツは勝手なヤツだから、側妃ではなく王妃に、とわがままなことを考えているのだろう」

「ブリちゃん、ライさまのためなら側妃でも我慢するわぁ～」

さすがはブリちゃん。可愛いことを言う。

ボクはニヤニヤしてしまう自分を止められない。

「あぁ、ブリちゃん。愛するキミにそんな我慢はさせないよ。我慢なら、クラウディアにさせればいい」

「うぅ～ん。ブリちゃん、うれしいぃ～」

ああ、女性はこうでなくては。

素直に甘える女性は可愛い。

ブリちゃん最高！

「一緒に幸せになろうね、ブリちゃん！」

「うん。一緒に幸せになるぅ」

街の真ん中で手を取り合い、見つめ合う。

そうしていると、周囲にいる者たちが奇異な物を見るような目をこちらに向けている気配を感じた。

さては嫉妬だな？

モテる男は嫉妬の目にさらされるものだ。辛いがキミのためなら耐えるよ、愛するブリリアント・バークレイ男爵令嬢。

ふぉーえばーらぶ、好き好き。

あぁキスしたい。

「……で、キミの知り合いは、どこにいるのかな？」

「ん？　レアンちゃん？」

「ああ、そのレアン・スタントン男爵令息だ」

「んん〜、この辺にいるって話だったんだけど……あ、いたっ」

愛しいブリちゃんが指さす先には、ソバカスだらけの赤毛男がいた。

「アレか……」

「レアンちゃぁ〜ん。ここよー」

ブリちゃんが手を振ると、赤毛男も振り返す。そして赤毛男はこちらに駆け寄ってきた。

「やぁ、久しぶり〜」

「お久しぶりでぇ〜す、レアンちゃん。元気だったぁ？」

「ん、まずまずだよぉ。オヤジを怒らせて家からは出されちまったけどなぁ」

おや、レアン・スタントン男爵令息は父に勘当されたようだ。もう貴族令息ではないのか。

「あらぁ〜ん？　スタントン男爵令息ではなくなってしまったの？」

「まぁな。元レアン・スタントン男爵令息だ。今は、ただのレアンだよ。そっちは？」

家を追い出された令息か。可哀想だがブリちゃんに馴れ馴れしすぎて気に入らんから、レアンの父親グッドジョブ。

貴族ですらないレアンは愛しのブリちゃんの友人には相応《ふさわ》しくはないが、ここは頼みを聞いてもらうために黙っていよう。

なに、利用するだけ利用して、そのあとで絶交してもらえばいいだけだ。

ボクは心が広くて頭が良いのだ。利用できる者は利用するに限る。

「私は、幸せにやってまぁ～す。ふふ。こちら、ライさまぁ～」

ふふ、可愛いな。ブリちゃんは。

幸せか。幸せなんだな。ボクと一緒にいると。ふふふ。

「王太子……殿下？」

「そうだ」

胸を張ってうなずくボクの前で、レアンはそばかすがわからなくなるほど顔色を変えた。

「えっ……あ……その……今カレって、王太子殿下なの？」

「うふふ。そうでぇ～す」

「ええっ!?　マジか!?　それなら、それを先に言ってくれないと」

ん？　知らなかったのか？　ボクとブリリアント・バークレイ男爵令嬢との交際については、学園で有名な話だと思っていたが。

「あっ、やっぱり知らなかったのね？　レアンちゃんが退学したあとからお付き合いが始まってぇ～。貴族の間では有名な話だけど、レアンちゃんは知らないかも、って思ったけどぉ～。それなら、驚かせたいなぁ～と思ってぇ～」

そう。お茶目なボクの愛しい恋人はサプライズ好きなのだ。可愛いなぁ、可愛いなぁ。

「あー、そっか。そうなんだ……ふーん」

サプライズは成功して、レアンとやらは汗をダラダラと滝のようにかいている。他人が焦るさまは面白い。

わかってるねぇ、ボクの恋人は。

しかし疑問に思うところもある。

「で、お前とブリちゃんの関係は？」

「あっ、あっ、オレは……あの、ブリリアントの同級生で……」

「ブリリアント？」

お友達といえども、名前の呼び捨てとは容認できないな？

ボクが睨《にら》むとレアンは青くなって言い直す。

「いえ、あの……バークレイ男爵令嬢の、同級生です」

うんうん、それでいい。親しき仲にも礼儀ありだ。

「そうか。学園で一緒だったのかな？　では、ボクも同級生だね」

「はい、殿下」

さすがは学園で学んだだけのことはある。お辞儀を受けながらボクはコクコクとうなずいた。

「あ、今はお忍びだから殿下は止めて。ライネルでいいよ」

ブリちゃんの友人ということで特別サービスである。

「はい……えーと、ライネルさま」

「んっ。それでだね、レアン君。話はブリちゃんから聞いているかい？」

「はい。会いたい人物がいるから呼び出してくれと……」

キチンと話は通じているようだ。これは期待が持てる。

「ああ、そうだ。相手はクラウディア・エクスタイン公爵令嬢。今はコルネリア辺境伯の屋敷に宿泊しているはずだ」

「……ふぁっ⁉」

レアンは目を剥《む》いて固まったまま、ダラダラと滝のように汗を流している。

なんだ。たかだかクラウディア相手に情けない。

キミは王太子の恋人であるブリちゃんの友人だよ？　たかだかクラウディア相手に怯むとかボクは認めないよ。

「会いたいのだが、ボクが呼び出しても応じてもらえないのでね」

「そうなのよ、レアンちゃん。あの子って生意気な女でしょ？　ねぇ、力になって」

「ふぁ……ふへっ⁉」

慌てふためくレアンに、ブリちゃんが申し訳なさそうに言う。

「ちょっと面倒かもしれないけど、クラウディアさまを呼び出してくれない？」

いいなぁ、目的のためには腰を低くできる女性。ブリちゃんからの愛を感じるなぁ。

「ふへっ……いや……クラウディアさまって……えっ？　公爵令嬢の？」

それに比べてレアン、貴様は情けないな。

「ああそうだ。今は辺境伯のところで厄介になっているそうだ」

「へ？　へ……辺境伯？」

レアンの顔がますます青くなりガチガチと震えている。たかだかこんな田舎《いなか》を治める辺境伯相手にビビり過ぎだ。

それとも、アレか。金か？

「あー……ただでとは言わない。手間をとらせる分、報酬はキチンとだすぞ？」

その辺は友人同士でも線引きしないとな。ボクは友人相手でも報酬は出す男だ。

「えっ!?　あっ、でも……」

モダモダと焦っているレアンの後ろから、黒髪短髪の威圧感ある男がニョキッと現れた。

「おい、レアン。何モゴモゴしてんだよ」

「あっ、ボス」

「レアンちゃんのお知り合い？　ボスって、職場の上司か何か？」

「えっ、ああ」

黒髪短髪の男は丁寧な自己紹介を始めた。

「お話の途中にお邪魔して申し訳ありません。オレはレアンの上司でシドと申します。話が聞こえちゃったんですけど……何ならオレが手伝いましょうか？」

「えっ!?」

レアンが驚きの声を上げている。レアンは使えなそうだが、辺境の平民なのにキチンと挨拶できるこのシドという男は、優秀かもしれない。

そもそも、クラウディアを呼び出してくるだけの簡単なお仕事だ。

このシドという男がやってくれるというのなら、それでもいい。

「あら、レアンちゃんの上司さんが手伝ってくれるの？」

ブリちゃんも乗り気だ。可愛くて賢い恋人も賛成してくれるなら、ボクはそれでいい。

「コイツだけでは心許《こころもと》なくても、オレは地元民なんで頼りにしてもらっていいですよ」

「ああ、地元の方なのね」

「そうか。シドとやら。頼まれてくれるか」

「はい、やりますよ」

シドはニヤリと笑い、その横でレアンはダラダラと汗をかいている。

ひとまず、シドが引き受けてくれるのならそれでヨシ。目的が果たせればいいのだ。

ボクは愛しい恋人と顔を見合わせてにっこりと笑い合った。

◇◆◇

本日のわたくしは応接室を借りて、リデアとサムを相手に辺境伯領売り込み案を検討しています。

わたくしの向かい、テーブルを挟んだ窓際に、サムとリデアが並んで座っています。

テーブルの上には紅茶と焼き菓子。リラックスした午後のティータイムではあるけれど、わたくしは真剣です。

「やはり、辺境伯領は静養に良い場所だと思うの」

わたくしがじっくりと検討した上で出した結論です。異論は認めますが、まずはリデアとサムに話を聞いてもらいます。

「観光ではなく、静養ですか？」

「そうよ、リデア。観光に良い場所もいろいろとあるけれど、実際に行ってみて、温泉は今ある施設やサービスだけでも満足してもらえると思ったのよ」

「そう言われてみれば、そうですね。建物や湯船、マッサージのレベルなど高かったですからね」

伯爵令嬢でもあり、王都で侍女をしていたリデアも認めるレベルですから、ほとんどの貴族は不満など言わないでしょう。

「それに、わたくしたちが使ったオイル。あれは売れると思うわ。実際にオイルやクリームは販売しているから、さして手間もかからないでしょう」

「と、いうことは、温泉を中心に計画を考える、ということですか？」

リデアの隣から、緩い雰囲気でサムの声が響きました。

「ええ。そうよ、サム。観光にも良いとは思うけれど、ここは国境だから、そこは強調しないほうが得策だと思うのよ」

「なぜです？」

怪訝《けげん》そうな表情のサムに、わたくしは自分の考えを披露します。

「観光目的だと、少し足を延ばして隣国へ、となってしまうでしょ？」

「ああ。王都から遠く離れた辺境伯領まで来たのだから、どうせなら足を延ばして隣国を覗いてみようか、って感じになるってことですか？」

「そういうこと。辺境伯領を素通りされてしまったら意味がありませんもの。ここに留まって、お金を落としてもらわないと」

サムが感心したようにコクコクとうなずいています。

「宿泊してもらいお金を使ってもらうことで、辺境伯領が潤《うるお》うというわけですね」

さすがはアレクサンドロさまの侍従です。察しが良くて話が早いです。

「そうよ、サム。宿泊すれば、お食事もすることになりますし。何かとお金を使うでしょ？」

「辺境伯領で作られるお菓子や工芸品などを、お土産として買い求めていただけば地元が潤《うるお》いますわ」

さすがは私の侍女です。察しも良いし話も早い上に、もう何か考えているようです。

「あと輸入品も多いでしょ？　それで商売をしている方も多いと思うから、それらを売りこむ良い機会にもなると思うのよ」

「良いですね。辺境伯領には食材や香辛料なども入ってきますから、味を覚えてもらえると商売がやりやすくなりますね」

サムはそう言い、考えこみます。わたくしは辺境伯領に来てから食べて美味《おい》しいと思った物の数々を頭に思い描きました。王都に戻ることがあっても、それらをまた食べたいと思うことは確実です。

わたくしをマジマジと見ていたサムが、大きくうなずきました。どんな顔をしていたのでしょうか、わたくし。

「そうですよね。美味《おい》しい物を食べた時って幸せになりますし。また味わいたくなります」

リデアもわたくしと同じ考えのようで、幸せそうな笑みを湛《たた》えています。

「リデアさんも、意外と食いしん坊さんですか？」

「ふふ。そうかもしれませんわ、サムさん」

あらあら。さりげなく見つめあったりして。二人の仲がどの程度なのかも気になります。

「なら、良いお店を紹介しますよ。商人が販路拡大のためにやっているレストランがあるのです。他では食べられないような、ちょっと変わった物も置いてある店です」

そのお店は気になります。

「辺境伯領の皆さまは工夫して商売をしていらっしゃるのね」

「ええ、お嬢さま。良い品物だと思って仕入れても、知名度がないと売れませんので。商人たちもいろいろと大変みたいです」

それは興味深いです。海千山千の商人たちでも苦労するなんて。そこを助けてあげたら、かなり恩が売れるような気がします。

「サムのところには、輸入業者が売れなくて嘆いているような品物についても、情報が入ってくるのかしら？」

「ええ。世間話も仕事のうちですから。話を聞いてみると商人たちもいろいろと苦労があるみたいで、コレはいいと思って仕入れても外してしまうことはあるそうですよ」

「そうなのね」

「売るには、実際に試してもらわないと難しいですから。食べ物も、ちょっと変わった見た目とかだと、試してもらうことすら大変だとか」

なるほど、それは辺境伯領を売りこむヒントになりそうです。

そのためにはどうしたら良いかしら？　試してもらうためのハードルを下げるには……

「代わりに、美しい見た目のものは売れやすいらしいですよ」

その言葉には納得です。女性は見た目の美しい物が好き。好きな女性の心を動かすためには美しい物をあげるのが一番です。

「それってもしかして、食べられるお花とかのことかしら？」

「よくご存じですね、リデアさん」

サムが感心しながら目を見開きました。

「アレは私も素敵だと思いましたわ。可愛らしいですよね」

「ええ。食卓が華やかになるでしょ？　辺境伯領の特産品でもあるのですよ」

食べられる花が特産品とか、なかなか珍しいです。

「そうだったのね。わたくし、知りませんでしたわ。てっきり輸入品の一つかと。辺境伯領では特産品の中にも変わったものがあるのね」

　わたくしの言葉に、サムはすぐに反応しました。

「はい。のちほど特産品については資料をまとめてお持ちします」

「ありがとう、サム」

　とても優秀な侍従ね。将来が楽しみです。

「元々住んでいる方からしたらありふれた物でも、他所《よそ》から来た私たちのような者にとっては珍しい、などの発見があるかもしれませんね」

　うん。わたくしの侍女も優秀です。

「そうね。わたくしには座学から得た多くの知識があるけれど、経験が何かと乏しいので、足りない部分を補ってもらえたら嬉しいわ」

「それはそれで新鮮な発見をしやすい状況かもしれませんわ、お嬢さま」

「でしたら、街を見て回りませんか？　私がご案内いたします」

　サムの案内なら安心ね。これは面白い情報が得られるかもしれません。

「そうね。機会を見て案内してもらいましょうか。まずは……そうね。特産物や観光地、土産物や宿泊施設などの情報が欲しいわ」

「はい、わかりました」

　サムの後ろ姿を応接室から見送って、わたくしたちは温泉に行ったときのことを思い出しながら資料を作り始めました。

最初は拙《つたな》い思いつき。これがどこまで本格的な物に化けていくのか楽しみです。

◇◆◇

わたくしは執務室で仕事をしていたアレクサンドロさまに、情報収集のために領内を見て回りたいと伝えました。しかし彼の反応は意外なものでした。

「私は反対です」

眉根を寄せてキッパリと反対の意思を見せるアレクサンドロさまに、わたくしは驚いてしまいました。

「なぜですの？」

わたくしは素直な疑問を口にしました。事態を拗《こじ》らせないために素直さは大切です。

「私は、貴女《あなた》を幸せにするために白い結婚ではなく本当の結婚をしたいのです。こき使うような真《ま》似《ね》をしてしまったら、セシルさまやエクスタイン公爵に顔向けができません」

「そんな……こき使うだなんて。わたくしは、わたくしの意思で動いておりますの。誰かに使われているわけではありませんわ」

それは子ども扱いがすぎるというものです、アレクサンドロさま。

「いいえ、ダメですよ。貴女《あなた》が良くても、お父上やお兄さまから見たらどうですか？　私が貴女《あなた》を都合よく働かせているように見えませんか？」

「心配しなくても大丈夫ですわ。お父さまたちには、わたくしからキチンと説明いたします。アレクサンドロさまの御心を煩《わずら》わせるようなことはいたしませんわ」

「それでも、私は反対です。少なくとも、今すぐ始める必要はないのではありませんか？　辺境伯領のことを考えてくれるのは嬉しいですが、それは結婚したことを領民に披露した後でもできることです」

あ、いけません。

拗《こじ》らせるつもりはありませんでしたが、これはもう拗《こじ》れ始めています。アレクサンドロさまの眉間には、さっきよりも濃くて深いシワが刻まれました。

「わたくしがしたいのです。辺境伯領のことを勉強しながら、その改善案を考えることは効率が良いとお思いになりませんか？」

「辺境伯領のことを知ってもらえるのは嬉しいけれど、私は貴女《あなた》に無理をさせたくないのです」

「王妃教育に比べたら、さほど負担は重くありません。無理をしないよう自分でスケジュール管理をいたしますので、心配していただく必要はありませんわ。それに、リデアたちも協力してくれます。無理をして倒れるようなことにはなりませんわ」

わたくしは大切に保護されていた深窓の令嬢ではないのです。王妃になるべく鍛え上げられた令嬢ですから、多少の無理は利きます。

「だから心配なのです」

「どこがですの？」

「貴女《あなた》の考える『無理』と、私の考える『無理』に違いがありすぎるからです」

「……どういうことですの？」

アレクサンドロさまは時々、難しいことをおっしゃる。

「私の考える『無理』は、楽しむ余裕がなくならない程度の『無理』なのですよ。私は、貴女《あなた》に楽しく毎日を過ごしてほしい。ですが、貴女《あなた》の考える『無理』は、倒れるまででしょう？　とても心配で、放っておくことはできません」

「そんなことは……」

意見の相違です。これは何としても擦り合わせる必要があります。しかし反論しようとして、アレクサンドロさまの言葉に遮られました。

「貴女《あなた》は我慢しすぎるのです。頑張りすぎるのです。そこを私は心配しています」

「そんなことは――」

ない、と、わたくしは言い切れるかしら。

倒れたことはないけれど頑張るのが当たり前の生活だったから、頑張り過ぎない生活が……正直、わからない。

「私は、貴女《あなた》と共に生きるのなら……貴女《あなた》を、守りたい」

「わたくしは……」

『守られたい』の、かしら？

「私に、貴女《あなた》を守らせてください」

「……」

わたくしは黙ってアレクサンドロさまを見つめます。

アレクサンドロさまの言う、『守る』とは一体何なのでしょう。

「ねぇ、クラウディアさま……」

「わたくしはっ」

わからないけれど、でもわたくし気付いてしまいました。わたくしは『守られたい』わけではありません。もちろん『守られたくない』わけでもありませんが、違うのです。説明が上手くできません。

「無理などしておりません。わたくしは、領民と共にありたいだけですわ！」

わたくしとアレクサンドロさまの考えは違います。それはわかっているのですが、今のわたくしには、何がどう違うのかを上手く説明することができません。

イラッときました。アレクサンドロさまに対してか、自分に対してか、上手く説明できないことに対してなのかわかりませんが。

これはクールダウンが必要です。

「言い争っていても意味がありません。わたくし、気分転換に街を散策して参ります」

「クラウディアさま？」

アレクサンドロさまの眉間には変わらずシワがありますが、上がり気味だった眉尻が下がっています。百戦錬磨の辺境伯さまが戸惑っているようです。

「止めても無駄でしてよ。わたくしは、街に遊びに出掛けるのですから。それを止めるのは、おかしなことですわよね？」

「……っ」

絶句してしまわれたアレクサンドロさまに向かってとびきり美しいカーテシーをとったわたくしは、その場をあとにしました。

振り返りません。ええ、振り返りませんとも。

これは『勇気ある撤退』というものですっ！

◇◆◇

アレクサンドロさまと口論したわたくしは、勢いのままリデアと護衛を引きつれて街に出かけることにしました。

馬車は一旦帰して、夕方に迎えに来てもらいます。すぐには帰りません。今日はたっぷり街を散策する予定です。

そのために本日はブーツを履いております。これならたくさん歩けます。遊びにきたのですから、たっぷり楽しむつもりです。

お祭りでもないのに今日も街は賑やかです。といっても、平民街のほうですけど。

「辺境伯領の皆さま方は、とても元気ね」

「そうですね、お嬢さま」

「小さなお子さん連れの方もいらっしゃるし……若いお嬢さんもいらっしゃるわね」

「週末がお休みというわけではないのかもしれませんね」

平民街だというのに暇そうな方もいらっしゃる、と思ったけれど、仕事を持つ平民にもお休みはありました。

あら、おかしいわね？　王妃候補だった頃のわたくしには、お休みらしいお休みはありませんでしたけど……

いけない、いけない。全然違うほうに思考が飛ぶところでした。

「そうだったわ。公爵家でも使用人たちのお休みはバラバラだったわよね？」

「ええ、そうです。一斉に皆が休んでしまうと旦那さま方が困ってしまうので」

たしかに使用人が誰もいなかったら、紅茶一杯すら飲めないかもしれません。

「冷静に考えれば、そうよね。事務処理ならともかく、食事の支度とか毎日必要な仕事はたくさんあるわ」

「仕事によっては夜勤もあります」

夜間に使用人ゼロではわたくしも困ります。警備の騎士はもちろん、メイドなど身の回りの世話をしてくれる人たちがいないと、貴族は生活できません。

「夜勤だと翌日は遊びに行こうと思えば行けますが……疲れてしまって寝ていることが多いです。それにしても辺境伯領の方々はパワフルですよね」

「ええ。筋肉の力《マッチョパワー》があると、お休みの過ごし方まで違うということかしら？　活動的だわ」

わたくしたちは、山のような荷物を抱えて通り過ぎていく老若男女を目で追います。

「そうですね。私には真似《まね》できませんわ。お休みがあっても、日頃の疲れを取るためにゆっくり過ごすことが多いですから」

「わかるわ。王妃教育と王太子殿下のお手伝いが重なると疲れてしまって……お休みがあってもグッタリしていたわよね」

わたくしの記憶では、お休みはありませんでしたが。あれは休みというよりも隙間時間というほうが正しいと思います。

「ふふふ。でも、こちらに来られてからのお嬢さまはパワフルですわ」

「やだわ。揶揄《からか》わないでよリデア。まだ全然よ」

「ふふふ。では、筋トレを頑張りませんと」

「そうね。じっくりと筋肉を育てますわ」

そのために今日は歩きです。ふんっ。頑張ります！

賑やかな平民街のほうからズンズン歩いて貴族街へ移動します。貴族街のほうはうってかわってとても静かでした。

「辺境伯領では、買い物に出かける貴族そのものが少ないのかもしれませんね」

「そもそもこちらにお住まいの貴族は少ないようだし、ここは貴族向けの商店が多いというわけでもない気がするわ」

「そうですね。貴族の方というか……どちらかというと、お金持ち向けの商店が多い印象でしょうか」

　宝石やドレスなど、さまざまな物を売っていますが、貴族向けと言い切るには少々あからさまな成金趣味を感じます。

「貿易のためにやってくる金持ち向けに商売をしているところが多いのかもしれないわ」

「ああ、そちらかもしれませんね。そもそも貴族の方々は、お屋敷のほうに商品を持って来てもらって購入する場合も多いですから、お店に足を運んで買い物する方は少ないかもしれません」

「そうすると……買い物をしてもらうには工夫が必要かもしれないわね」

「ですね。出入りの業者がいるわけではない旅先で買い物をためらわれてしまっては、お土産が売れません」

　貴族は能天気にお金を使う生き物だと考えている方も多いようですが、意外と細かいのです。信用できる出入り業者の口車には乗っても、知らない土地で知らない業者におだてられてホイホイ買い物する方は少ないと思います。

「高い品物を買ってもらうためには、店頭に並べるだけでなく、もっと工夫が必要かもしれないわ。たとえば、貴族が遊びに出かけた先で気になった商品を、あとで宿泊先に売りにいけるような……」

「興味を持ってもらうことと、安心して買ってもらえる工夫ですか？」

「ええ。お土産を宿泊先で選べるように、いろいろなものを持ち込んで選んでもらう、とかね」

　貴族の信用を得るためには、専門の商人に間に入ってもらったほうが確実かもしれません。

「何か上手な方法があればいいですね。王都でも人気が出そうなものをたくさん、見かけましたわ」

「貴族が遊びに来れば、高額商品もバンバン売れると思うわ。お手頃価格の品であっても、まとめて買ってお土産にちょうどいいもの」

「貴族の方々は、使用人へのお土産も重要ですものね」

使用人へのご機嫌取り、というわけではありませんが、細かく配慮することで信頼のおける有能な使用人が長く勤めてくれたりするものです。

「高くなくても、ちょっとした気遣いは大切よね」

「ちょっと変わった気の利いた品物なら、貰う立場としては嬉しいです」

「お土産として配った物から評判が広がれば、次の集客に繋がるわ」

貴族同士の贈り物というのは見栄の張り合いのようなものです。そこに食い込んでいけると商売は成功しやすくなります。

「たとえば……そうね、この間行った温泉で受けたマッサージに使ったオイルとかどうかしら」

「ああ、いいですね。あのオイル、良い香りでしたし」

「でしょ？　辺境伯領には他にもいろいろありそうなのよね。魅力的なものと出会いたいわ」

「わかります、わかります」

女同士でキャッキャウフフしていたらお腹が空いてきました。時間も昼時を回っています。

「せっかくです、どこかで昼食を摂《と》りましょうか」

「そうですね、お嬢さま。サムさんから良いお店を聞いておきましたから行ってみましょう」

お店をチェックしたいというのは本当ですけれど、アレクサンドロさまと顔を合わせたくないという気持ちもあります。

結局、アレクサンドロさまとは喧嘩したままです。冷静に考えてみれば、変な喧嘩をしたものです。思い合っていても喧嘩はできることがわかりました。一つ賢くなりましたので、将来のために心に刻んでおきます。

「サムさんもご一緒できたら良かったのですが」

「そうね。でも、今日は……」

「アレクサンドロさまのお仕事で、サムさんは忙しいのですよね」

「……」

リデアの寂しげな横顔を見て、わたくしは口をつぐみます。

サムが忙しいのではなく、アレクサンドロさまと言い争いになったあとに、彼を借りたいと言い出しにくかっただけです。

言わなくても良いことも世の中にはあります。罪悪感に胸がチクリと痛みますが、今日は気付かないふりをすることにします。

なんだかしんみりしてしまったわたくしたちは気を取り直して、サムさんオススメの異国情緒あふれるインテリアで飾られたレストランに入ることにしました。

店内に入った途端、リデアは驚きに目を瞠《みは》ってつぶやきます。

「香りまで異国」

「ふふふ。そうね」

焚《た》かれたお香の匂いなのか、料理に使われているスパイスの香りなのか、ずいぶんと変わった香りが店内全体に染みついています。

個室を用意していただいたのですが、こちらにも香りが濃厚に漂《ただよ》っています。

「香りはスパイシーでいて甘いので好きですけど……これは好みではありませんわね」

隣国から入ってくる文化もあるせいか、辺境伯領では王都で目にしないモノとよく出会います。中には好みに合わない物もありますけれど。

リデアは案内された部屋の壁に飾っているお面を眺めてブツブツ言っています。

たしかに個性的な顔をしたお面ですけれど、そこまで気になるものでしょうか。

「色彩が強すぎるけれど割とよくあるタイプのお面ではなくて？　目や鼻、口などを黒く縁《ふち》取って顔のパーツを強調したお面は、さして珍しくないような気がするわ」

「そうですか？　ちょっと不気味で、私は苦手です」

「なら、こちらの席にしたらどうかしら？」

「たしかに背中を向ければ視界に入らないからいいですけど……これはこれで、背後からの視線が気になります……」

あら、わたくしの侍女は意外とデリケートな所があるのね。

「なら、お面とご対面しながらのほうがいいのかしら？」

「あぁ、そっちはもっと嫌です～」

「仕方ありませんわね。お店の方に言ってどけてもらいましょうか？」

「そうします～……すみません」

リデアが半泣きでお願いをして店員さんにお面をよけてもらったのですが、今度は壁に穴が開いているのが見えてしまいました。

「……こちらのほうが、別の意味で不気味では？」

「……そうですね」

仕方なくお面を元に戻し、部屋のほうを変えてもらうことにしました。壁に穴が開いているなんて、有名な人気店のはずですが意外と儲かっていないのかしらね。

「申し訳ございません、お客さま。前はあそこに穴など開いていなかったはずなのですが。お面で隠れていて気付いておりませんでした」

「気にしないでちょうだい。こちらのお部屋も素敵だわ」

お面が苦手なリデアのために、飾り物の少ない部屋に変えてもらいました。

お部屋の装飾はシンプルになりましたが、それでもテーブルや壁に飾られた絵などに異国情緒があって素敵な部屋です。

お店の方が姿を消してから、こちらの部屋の壁にも穴が開いていないかリデアと護衛たちが確認しています。

「この部屋は大丈夫のようです」

「それは良かったわ」

あの部屋の壁の穴はたまたまだったようです。平民ならいざ知らず、貴族が使うとなると壁に穴とか不用心ですから注意しなければなりません。店側としてもみっともないことですから注意してもらいたいものです。

本格的に辺境伯領を王都へ売りこむのであれば、注意事項の一つとして周知徹底しようと頭の中でメモします。

「素敵な所を記録するだけではなくて、気になる所もメモに取っておきましょうか？」

「そうね、リデア。そうしてもらえると、助かるわ」

「はい」

リデアは何やら真剣に手帳へ書き込んでいます。いつも通りのしっかり者のリデアです。

さっきのお面は本当にダメだったようですが、誰にでも苦手な物はありますから仕方ありません。

「貴族用個室の内装は、スタンダードなタイプと特徴的なタイプと二通り用意してもらったほうが安心な気がします」

「なら、リデア。それも書いておいてくれるかしら？」

「はい」

そこに店員がお料理を持って入ってきました。

「美味《おい》しそうですね」

「そうね～。香りがたまらなく食欲をそそるわね」

キャッキャウフフと異国情緒あふれる料理をいただきます。

今目の前にあるのは、スパイスの効いた衣を付けて揚げた魚と鶏肉がパラパラのお米の上に載っていて、黄色のソースがかかっている料理です。

野菜が彩りよく飾られていて、そこに食べられるお花も飾ってあり見た目も華やか。口に含んでみると、ちょっと変わった味がします。

リデアは美味《おい》しそうに食べていたので、辛い物が苦手なわたくしにはスパイシー過ぎて味がわかりにくかったのかもしれません。

スープにしても、紅茶にしても、物珍しいスパイスが入っているようで目新しいです。王都から旅行で来たお客様には喜ばれそうな気がします。

デザートはココナツミルクを使ったプルプルとしたムース。砂糖漬けになったお花も使われていて、見た目が良いです。こちらは甘くてトロリとしていて美味《おい》しかったです。

「リデア。この砂糖漬けのお花なら、気軽なお土産にいいのではないかしら？」

「多分ですが……お値段のほうが気軽ではないかもしれませんわ」

「あら？　そうなの？」

「砂糖漬けの花びらは、手間がかかるのでお高いのですよ」

リデアが申し訳なさそうに言います。

「そうなのね。知らなかったわ。金銭感覚が、わたくしは少々……」

「仕方ありませんわ。お嬢さまは国家予算について詳しくても、家計については学んでこられませんでしたから」

「そうよね」

王妃教育の悪影響が、こんなところで出てしまいました。庶民感覚についていけないのはともかく、貴族の金銭感覚すら身についていないのは問題です。

辺境伯夫人になったら必要になる感覚ですから、急いで勉強しなければいけませんね。うふっ。

「砂糖漬けの花びらだけだとお高くなってしまいますが、砂糖漬けの花びらを使った商品でしたら、手頃かもしれませんわ。お菓子に使えば見た目も綺麗で華やかなお土産になります。あとで、そのようなものが置いてあるお店がないか、探してみましょうか？」

「そうね。もしも取り扱っているお店がなければ、作っていただけないか提案すればいいですものね。あとでお菓子店など覗いてみましょう。せっかくだから、皆さんへのお土産を何か見ていきましょうか？」

「それもいいですね」

地元の方からしたら笑ってしまうようなものを選んでしまうかもしれませんけど……

それはそれでおもしろいわよね。

◇◆◇

食事を終えたわたくしたちは、先日訪れた温泉にやってきました。今回は入浴を楽しむのではなく、ビジネスの話を聞きにきたのです。

先触れも出しましたので、担当者の方が対応してくれました。

白髪でシワの目立つ年配の男性ですが、背筋が伸びていて姿勢が良いので声だけ聴いていると若い方のように思えます。

「……と、水質にも自信があります。また、リラックスしてより温泉の効果を実感していただくために、建物のほうも神殿風の開放的な造りになっています」

「そうなのね。これだけ大掛かりな建物を用意するとなると、予算のほうも大変だったのでしょう？」

「ええ。ですが辺境伯さまからの補助もいただきましたから、何とか足が出ずに済みました」

補助金なども入れているとは、さすがはアレクサンドロさまです。領地を盛り上げるための手腕の高さを感じます。

「大理石をふんだんに使っていますが……こちらは辺境伯領産のものでございます。地元のものを使うことで宣伝の役割も果たしているのです」

「あら。もしかして、こちらの細かな細工《さいく》なども地元の職人さんのお仕事かしら？」

「そうでございます」

ニコニコと説明する担当者の言葉を、リデアが手帳に素早くメモしております。

「今の時間でしたら掃除中ですので、男性風呂のほうも見ていただけますよ。ご覧になりますか？」

「はい、お願いします」

興味あったのよね。男性風呂にある大浴場ってどんな感じなのかしら？

「こちらです」

案内された先には、わたくしたちが入った湯船よりも何倍も大きな浴場がありました。

「すごいですわね」

「ええ。男性風呂の大浴場は、どなたでもお入りいただけるようになっていますので」

「平民も貴族も一緒だと聞きましたわ」

「はい。個室の用意もありますが、騎士の方や兵役の経験のある方は気にされませんので」

「なるほどね。よく見ると浴槽の色まで違うわ」

大浴場を取り囲むようにして置かれた石は黒っぽい色をしています。よく見れば浴槽内の石も灰色っぽい色です。

「はい、そうです。女性用の個室風呂は大理石を使っていますが、こちらの浴場で使っているのは花崗岩《かこうがん》です。花崗岩《かこうがん》は丈夫ですので、いろいろな方が利用する浴槽に向いているのです。女性風呂のほうも平民が使う大浴場には一部、花崗岩《かこうがん》が使われています」

「使い分けは大事よね」

「ええ。では、女性風呂のほうへ移動しましょうか。そちらは、女性の担当者がご案内します」

紹介された女性は黒髪黒目の細身の方です。長い髪をお団子にしていて清潔感ある顔立ちの可愛らしい女性なのですが、ちょっと陰気な雰囲気があります。

「こちらへどうぞ」

制服らしき紺のワンピースに白襟の後ろ姿を眺めながらついていくと、見覚えのある場所に出ました。

「ここは前回、わたくしたちが温泉に入った部屋かしら？」

「はい、そうです。ここは前回と同じお部屋になります。貴族女性用のお部屋は三室です」

案内係が手前の三室を手で示します。

「ここの一番奥、廊下を隔てた先に女性向けの広い浴室が用意してあります」

「そうだったのね」

同じ並びにあるといっても建物そのものが大きいので、平民用の大浴場までは距離がありそうです。

「どのようなことがお聞きになりたいのですか？」

「マッサージについてお聞きしたいことがありますの」

リデアの言葉に、案内係はうなずきました。

「私では説明不足になりそうですね。それでしたら、施術担当の女性たちとお話ししてくださいませ。ちょっとあなたたち、良いかしら？」

案内係が女性向け個室の続きにある施術室にいた女性に声をかけると、愛想の良い笑みを浮かべたマッサージ担当者たちがこちらにやってきました。

「こちらの方は、あなたたちにお願いするわね」

気持ちの良い返事をするマッサージ担当者たちが、マッサージオイルやパックの説明をしてくれます。リデアがそれをメモに取っていきます。

「オイルやパックだけ購入できるかどうかも知りたいわ。お値段のことも聞いておいてね」

「はい、お嬢さま」

後ろから声をかけるとリデアは頷いて答えました。頼りになる侍女です。

「お客さま。他の部屋もご覧になりますか？」

「ええ。見ておきたいわ」

リデアに声を掛けようと振り返ってみましたが、まだ話の最中でした。

「この部屋の近くですから、お一人でも大丈夫ですよ？」

「そうね……」

こちらは女性しか入れないエリアだからセキュリティはしっかりしているし、今は清掃中ということで例外的に護衛たちも付いてきているから、ちょっと覗いてくるくらいなら大丈夫よね。

しかも案内してくれるのは女性です。

そう思ったわたくしは申し出を受けることに決めました。

「では、案内してもらおうかしら」

「はい、ではこちらへどうぞ」

わたくしは担当の女性の後ろをついていきます。貴族女性用の部屋は他に二つ。それ以外の場所も見てみたいのはたしかです。

……けれど。

「あの？　こんなに離れているのかしら？」

気付くと部屋を三つほど通り過ぎていました。

「間にリネン室や備品室がありますので。マッサージオイルなどの置き場もございます」

「そうなの？　近くにあるのかと思ったけれど割と離れているのね」

「ええ。そうなのです。貴族の方はプライバシーに気を使われるので。それぞれの個室は離れた所にございます」

「そうなのね」

いろいろと気配りのきいた施設のようです。でも案内されるままに来てしまったので、リデアたちがいる部屋からだいぶ離れてしまいました。

「これは、遠すぎないかしら？」

「もうすぐですので」

担当の女性はそう言うけれど、後ろを振り返ってもついてくる予定の護衛の姿はありません。さすがのわたくしも異変を感じました。

すでに建物の端にいるようで、使用人たちが出入りするドアが横手に見えます。大浴場と繋がる廊下の手前まで来ているようですが、この廊下は利用客用のものではないようです。

「もう、これ以上離れるのなら結構です。あとから侍女と共に参りますわ」

わたくしは担当の女性の背中にそう声をかけると、すぐに踵《きびす》を返します。

しかしそれを妨げるように、腕を掴まれてしまいました。

「何をするの⁉」

「付いてきてくださいっ」

わたくしの抵抗などものともせず、担当の女性はわたくしを引きずるようにしてドアを目指しています。辺境伯領の方は女性でも力が強い。

その力を不埒《ふらち》な真似《まね》に使われるのは怖いです。

「ちょっと……何を……止めてっ！　誰か——」

叫ぼうとしたところ、口を塞がれてしまいました。これはマズイ、と、思った次の瞬間。わたくしは開いたドアに向かって乱暴に突き飛ばされます。

「きゃっ⁉」

わたくしの体は、何か硬いものに抱きとめられました。

「っ！」

「おいおい、手荒に扱うと怪我させちまうぞ」

男の声が頭上から降ってきて、叫ぼうとした口元は再び大きな手で覆われてしまいました。

「ふんっ。約束通り連れてきたんだから、いいでしょ？　タリク」

「おいおいメリンダよ、名前を呼ぶなよ」

「細かいことを言わないで。それよりも、お金を早くちょうだい」

「いきなり金の話かい？　しょーがねぇー女だな」

男はカラカラと笑いながら、わたくしに猿ぐつわをはめています。わたくしの抵抗など、まったく意味を成しません。

「暴れんなよ、邪魔くさいから」

男は両手両足を縄で括って、わたくしの動きを封じてしまいました。

「ほらよ。謝礼だ」

「ありがと。さぁ、私は捕まる前に高飛びしなくちゃ」

女は金が入っていると思われる袋を受け取っていましたが、あの中身がすべて金貨だったとしても大した額になるはずがありません。

家一軒、買えやしない額です。ああ、なんということでしょう。わたくしの価値が低く見積もられている証拠です。

おぼえてらっしゃい。

わたくしはギリッとその女、メリンダを睨《にら》みました。そんなリーズナブルな金額で公爵令嬢を悪漢に渡すなんて。

後悔させてやりますわ。

その顔、忘れませんことよっ！

◇◆◇

タリクという男に捕まったわたくしは箱馬車に突っ込まれ、どこかへ運ばれていくようです。

これが誘拐というものなのでしょうか。ひどい目に遭《あ》っている最中だというのに、どこか他人事《ひとごと》のように感じます。

やがて箱馬車ごと建物の中に入ってきました。

悪党といえども多少の知恵はあるのか、捕まらないように馬車ごと隠す作戦のようです。どのくらい運ばれてきたのでしょうか。時間の感覚を失っていてわかりません。

馬車が止まると、わたくしは俵のように担がれました。

とても公爵令嬢の扱いとは思えません。悪党どもには必ず痛い目を見せてやります。そのためには現状把握です。

わたくしは必死に首を巡らせて周囲を見回しました。足元は土間になっていて馬車の奥にはうず高く積まれた藁《わら》が見えます。奥に出入り口はありません。窓はありますが木枠だけでガラスがはまっていません。大きな扉には一本木の閂《かんぬき》が通されています。

もしやこれは噂に聞く納屋《なや》というものなのでしょうか。

座学で勉強はしましたが、実物を見るのは初めてです。

納屋《なや》は吹き抜けになっており、二階に行ける梯子《はしご》のような階段があります。

わたくしは担がれたまま二階へ上がり、汚い部屋に放り込まれて床に転がされました。

「ちょっと！　乱暴でしてよ！」

猿ぐつわを緩められるのと同時に、わたくしは叫びました。はしたないとか言ってる場合ではありません。

「誰かっ！　誰かいないの⁉　助けてっ！」

命の危機ですから叫べる時に力の限り叫びます。

幸運なことに、その叫びに返事がありました。

「やぁ、久しぶりだな。クラウディア」

「お久しぶりです。クラウディアさま」

不幸なことに聞きたくない声がしたような気がしますが、気のせいです。ライネルさまやあの男爵令嬢がここにいるわけがないです。

と、思いつつ……怖いもの見たさというのでしょうか。ついつい、声がしたほうへと顔を向けてしまいました。

「……っ⁉」

わたくしは息を呑みました。

「なぜ、殿下がここに⁉」

床に転がされたまま見上げると、キラッキラと輝く金髪に透き通る青い目をした男と、ふわふわのピンクの髪にむっちりと盛り上がる胸の女。

腹が立つほど整った顔で、ニヤニヤ笑いながらこちらを見下ろすライネルさまと目が合いました。

「なぜって？　ボクがキミを連れてきてくれるように、お願いしたからさ」

「は？」

わたくしは言葉を失いました。

バカにバカにした嗤《わら》いを向けられることほど、腹が立つことはありません。

「クラウディアさまってば、ライさまの呼び出しに応じてくださらないのだものぉ～。仕方ないですよねぇ～」

「……」

あまりのムカツキように、言葉が出てきません。

男爵令嬢のほうもあざとさが加速しているようですが、気のせいでしょうか。

もっとも、加速しているのは、あざとさ、ではなく、バカさ加減、かもしれません。

相変わらず、ピンク色の髪をふわふわの綿あめみたいな髪型にして、大きな胸を押しつけるようにして細い腕でライネルさまに絡まっています。

こんなところで油を売って、王妃教育はどうなっているのでしょうか。講師陣が頭を抱えている様が頭をよぎります。

「わたくしが、あなた方の呼び出しに応じなければいけない理由はありません。すでに辺境伯であるアレクサンドロさまのもとにいるのですから。王族とはいえ、婚約者でもない令嬢を安易に呼び出すことなどできないのではありませんか？」

「いやいや。そんなことはないよ、クラウディア」

「その呼び方も止めてください。婚約は破棄されたのですから」

「ん～もぅ、そんなの再びすればいいではありませんか、クラウディアさま」

とんでもないことを言い出しやがりましたよ、この男爵令嬢。床に転がされた状態ですが、わたくしは冷静さを心掛けながら言い返します。

「なにをおっしゃっているの？　バークレイ男爵令嬢」

「婚約し直したらいいと言っているのですわ、クラウディアさま。また婚約すれば、私たちに立ちはだかる問題は全てなくなります」

「……は？」

意味がわかりません。何言ってんでしょうか、この尻軽女は。

私が首を傾げていると、ライネルさまはイラつきながら溜息を吐きました。

「ブリちゃんは心が広いから、お前のような女とボクが婚約しても許すと言っているのだ」

「……はぁ!?」

何言ってんでしょうか、このバカ王太子殿下は。

「ゆっくり王妃教育を受けたお前と違って、ブリちゃんは厳しい王妃教育になど耐えられないのだ」

「あんなに厳しいなんて……イジメですぅ～」

男爵令嬢がライネルに甘えるようにして、しな垂れかかっています。

「うんうん。そうだな」

ライネルさまの鼻の下がわかりやすく伸びています。

「それに。ブリちゃん、難しいことと覚えるのヘタなの」

「うんうん。ボクも苦手だぞ」

バカとバカがウンウンとうなずきあってます。

「あんなに難しいのに、ちゃんと覚えないとライさまとは結婚させない、とか。皆さん、意地悪を言うのですぅ〜」

「あぁ、そんな顔しないで。ブリちゃんは繊細《せんさい》さんだな」

「そりゃね、ブリちゃんには優しい男でありたいからさ」

「ライさまぁ〜」

「ブリちゃん」

あー……もしもし？　わたくしの目の前でイチャイチャするの、止めてもらっていいですか？　いちいち突っこむのも面倒臭いので。

「……で、だ。王妃教育ならば、ゆっくりモードで習得したお前がいるじゃないか。何もブリちゃんに覚えてもらう必要はない。それに、王妃教育を受けてしまったら、王妃としての仕事もしなきゃならなくなる。それじゃ、ブリちゃんが可哀想だろう？」

「ライさま、優しいぃ〜」

「ならば面倒な王妃の仕事はお前にさせればいいではないか、という結論に至った。だからクラウディア、お前はボクの側妃になれ」

ライネルさまがわたくしをビシッと指さします。

「バカなことをおっしゃらないでくださいましっ！　わたくしは側妃などにはなりませんわ！」

「あー、ほらほら出たよー。クラウディアのわがままが」

「……はぁ？」

わがまま？　今の発言のどこにわたくしのわがままがあったというのでしょうか。

わたくしが眉をひそめていると、ライネルさまは腕を組んで大きく息を吐きました。

「お前、正妃でなきゃ嫌なんだろ？　側妃なんてバカにしてるから……」

「ライさまぁ～。ブリちゃんはぁ～、側妃でもいいですよぉ～」

「ん～。ブリちゃんは優しいな」

「正妃さまになるとぉ～。お仕事、忙しいじゃないですかぁ～？　側妃なら、そんなに忙しくないですしぃ～。ブリちゃんはぁ～、ライさまとの時間を大切にしたいですぅ～」

「んん～。ブリちゃんは、可愛いなぁ」

「うふっ。ありがとうございますぅ～」

確実にこいつらバカ度が増しましたね？　バカと尻軽を並べておくと、バカが加速するシステムでも存在するのかしら。

「こんな可愛いブリちゃんに我慢させるのは残酷だ。だからお前、正妃になれ」

「嫌ですっ！」

わたくしは、アレクサンドロさまと一緒に辺境伯領へ骨を埋める覚悟です。バカの相手をしている場合ではありません。

「あなたの尻拭いなんてしたくないわっ！　もういい加減にしてちょうだいっ！」

あら？　思わず本音がスルっと出てしまいました。

「はっ……ハハハ。本音が出たな、クラウディア」

ええ自分でもビックリです。丸っとサラッと出てしまいました。本音が。

「クラウディアさま、こわぁ～い。ライさまのこと、そんな風に思ってらしたのですね？」

ピンク頭があざとく小首を傾げる。

「そうよ……もうたくさんよ」

ぶちまけてしまったのはもう仕方ないですし、こうなったら全部言ってしまいましょう。

「なぜわたくしが、あなたの尻拭いをしなきゃいけないの？　あなたは自分がやるべき仕事を全部わたくしに押し付けていたわ。公務だというのに簡単な書類仕事一つ真面目にやらなかったでしょう。それを代わりにやるのは誰だと思っているの？　このわたくしよ。簡単な仕事でも公務となれば代理を務められるのは、婚約者であるわたくしだけよ？　学園の仕事もそう。あなたは生徒会長に就任したのに、生徒会の仕事は全くしなかったわ。簡単なものから面倒なものまで仕事は全てわたくしに回ってきていたもの。夜会やお茶会での失敗のフォローもわたくしの仕事だったわ。国民のために働くならまだしも、自分のことしか考えていないあなたのためになんて嫌です」

「ふんっ。ボクは王族だ。次期国王だ。国民がボクのために何かをするべきだろ？　重責を担わなきゃいけないボクのために、国民は何ができるのかを考えなきゃいけない。ボクが国民のために考える必要なんてないのさ」

「そんな馬鹿なことありますか!?」

もういいわ。本音大放出大会です。

「王族は国民のことを、国のことを考えて生きるべきですのよ!?　そうしなければ、国なんて簡単に滅んでしまいますわ。そのために、わたくしは……いえ、エクスタイン公爵家は、何ができるのかを考えて実践して参りました。王太子殿下に寄り添ったのも、国のためを思えばこそ……」

「はんっ！　ボクに寄り添っただと!?　片腹痛いわっ！」

「なんですって!?」

思わず大声が出ます。貴族らしさも何もあったもんじゃありませんが、わたくし床に転がされたままなので今さらです。

「お前が考えていたのは、自分のことやエクスタイン公爵家のことだろう？　ボクに寄り添った、だなんてよく言えたなっ！」

「何をおっしゃっているの？　わたくしは、婚約者として寄り添っていたではありませんかっ！　だからこそ、厳しい王妃教育にも耐えましたわ。忙しい合間を縫って、公務のお手伝いもして参りました。眠る時間を削ってまで尽くして参りましたのに、どこが寄り添ってないというのですかっ」

「お前がやってきたことは、独りよがりなんだよっ！」

ライネルさま、独りよがりとかわがままとかの意味、わかって使ってらっしゃるのでしょうか。

「なんですって!?　やれ、とおっしゃってきたのは、そちらではありませんかっ！」

「ボクは、そんなこと、一言も言ってないっ！」

「王妃教育も、公務のお手伝いも、そちらから命令されてやっていたのですよっ！」

「ボクが言ったことじゃないっ。それらは王室から言われたことだろ!? ボクじゃないっ!」

たしかに言ってきたのは王室であって、ライネルさま本人ではありません。しかし、それは詭弁《きべん》というものです。

「王室から言われたことだとしても、すべては殿下のためでありませんかっ!」

「それが押しつけがましいんだよっ!」

「押しつけがましい!?」

「ボクはお前に見下され、アレコレと世話を焼かれるのは苦痛だったんだっ! ボクに寄り添うつもりがあるのなら、ブリちゃんみたいな行動をとれよ。ボクを癒して、喜ばせろよ」

癒す? 喜ばせる?

それに何の意味がありますか。あなた王太子ですよね。癒されたり喜ばされたりする前にやるべきことがあるでしょう。

「え～。ブリちゃん、ライさまのことを癒せてますか? 嬉しぃ～」

「うんうん。ブリちゃんは、そこにいてくれるだけでボクを癒してくれるよ」

「もう、ライさまってばぁ～」

「……」

もう呆れて言葉が出てきません。脳みそまでピンクに染まっている二人が頭上でイチャイチャしてます。

もういいです。公爵令嬢の誘拐《こんなこと》までしでかしておいて、ライネルさまはいつまで王太子でいられれると思っているのでしょう。

「ライネルさま。ご自分が何をしたのか、本当にわかってらっしゃるの？」

「何を言ってるんだ、クラウディア。正妃になる女を迎えに来ただけじゃないか」

「いいえ、違います。これは誘拐ですわ。立派な犯罪です」

「変なことを言うな。少々強引だったかもしれないが、許容の範囲だろ？」

本当にライネルさまは馬鹿になってしまったのですね。

「そんなわけないではありませんかっ！　我がエクスタイン公爵家を敵に回して、王位につけると思ってらっしゃるの？」

「そうだが？　ボクは王太子だ。次期国王だ。ボクの思い通りにして、何が悪い？」

「ライネルさまの思い通りになんて、なるわけがないでしょう？　政治はそんな簡単なものではありませんわ」

わたくしは本気で言っているのに、ライネルさまは男爵令嬢と共に笑い出しました。

「ハハッ。変なことを言うな。クラウディア」

「ふふふ。そうですわ。クラウディアさま。ライさまのおっしゃる通りにしておけば、間違いはありませんのよ」

「よく言ったブリちゃん。……さぁ、クラウディア。王都に戻ろうか」

ライネルさまと男爵令嬢は上機嫌な様子です。

でもね。その後ろにいる人たちがそうさせてくれるかしら。無理、と、あの人たちの顔に書いてあるように見えますけど。

「さぁ、レアン。王都までボクたちを送ってくれ」

「おっと……王子さま。そうはいかねぇな」

黒髪短髪の体の大きな男が、ドアのほうからのそりと入ってきて、ニヤリと笑いました。

その後ろでは、わたくしを攫《さら》った茶髪で太めの男、タリクがニヤニヤしています。

「は？」

「えっ？」

ライネルさまと男爵令嬢はその様子を見て驚いています。なぜ驚けるのかが不思議ですけれど。

それこそがライネルさまなので仕方ありません。

「どういうことかしら……レアンちゃん？」

バークレイ男爵令嬢に問いかけられて、入り口に立つソバカスだらけのレアンと呼ばれた赤毛男が冷や汗をダラダラと流しています。

「ボクたちのためにクラウディアを連れてきてくれたのだろう？　あとは王都に戻って正妃にする手続きをしないと」

ライネルさまは、まだ事態を理解していないようです。令嬢たちをキャーキャー言わせる青い瞳に戸惑いが浮かんでいます。

それ以上に、わたくしは戸惑っていますけれど。

「おいおい。その前に、金だろ？」

「金？　礼金なら渡したはずだが」

怪訝《けげん》そうな顔をしているライネルさまを見て、タリクが悪い顔をして笑います。

「クククッ。冗談言っちゃあいけねぇぜ。あんな、はした金。ここにいるメンツに見合わねぇだろ？」

「シド、どういうことだ？　足りないなら、王都に戻ってから渡すぞ？」

黒髪短髪の男、シドが、ライネルさまの言葉を聞いて馬鹿にしたような薄ら笑いで口を開きます。

「鈍《にぶ》いなぁ、アンタ」

「鈍《にぶ》いなんて言うなっ。不敬だぞっ！」

「そうよ。ライさまは王子さまなんだから」

ライネルさまと男爵令嬢は本気で怒っているようです。

「鈍《にぶ》いヤツに鈍《にぶ》いと言って何が悪い？」

「ホント鈍《にぶ》いなぁ。ボスは、アンタたちの身代金を要求するつもりなのさ。国にね」

タリクは、わたくしたち一人ひとりと目を合わせながらニヤニヤと薄気味悪く笑います。

「そんなっ。約束が違うわ、レアンちゃんっ」

「ああ、オレも知らなかったんだ……」

ピンク頭の頼みの綱も切られたようです。

「コイツは元男爵令息の坊ちゃんだからな。世間知らずでね」

「ボスゥ……」

「今の世の中、チャンスを見つけたら最大限に活かさないとな」

シドがニヤニヤしたライネルさまを見て言いました。

「チャンス？」

レアン以上に勘の悪いライネルさまは、本当にわかっていないようです。王室の教育は、本当にどうなっているのでしょうか。

シドは人の悪い笑みを一層強め、ライネルさまに説明します。

「間抜けな王子さまを人質にできるチャンス、さ」

「ああっ!?」

「えっ!?」

本気で驚いている二人に、わたくしは本気で呆れています。

「ホントにわかってねぇんだな。王族、しかも王太子殿下の価値がわかってねぇとはもったいねぇ。あんたと引き換えなら、もっとたんまり貰えるんだよ。国が支払わないって言うんなら、他所《よそ》の国に売ったたっていい。いい金になるぜ」

「ボスの言う通りだ。アンタたちは、大人しく捕まっといてくれよ」

「なんてことを言うんだっ。そんなの国に対する反逆ではないか!?」

ニヤニヤしながら手下にまでバカにされたライネルさまが吠えます。

「そうよ、そうよ。ライさまは偉いんだから。大切に扱って当然なのよ!?」

男爵令嬢と二人して怒っていますが、こればかりは悪党たちのほうが正しいです。

「だから、オレたちが大切に扱ってやるさ。金蔓《かねづる》としてな」

「なっ⁉」

「なんですって⁉」

ライネルさまと男爵令嬢が目を丸くして固まっています。ある種、新鮮な反応ではありますが。

「なぁに。金さえ貰えりゃ命までは取りはしないさ。今のオレたちはただの小悪党だが、元手さえありゃ、小悪党を卒業してそれなりの悪党になれる。しかも王族に公爵令嬢だ。みすみす見逃す手はないだろ？　身代金を要求すれば、たんまりと貰えるはずだ。まぁ、男爵令嬢はオマケ程度だろうが……アンタたちは良いカモになる」

「なんだとっ⁉」

「不敬よ不敬っ。アナタたち、不敬罪で捕まるわよっ⁉」

いやいや男爵令嬢。この人たち、もっと重い罪に問われるから。それをわかっていて、わたくしたちを捕まえていますから。

ツッコみたいけど、ツッコみたくない。なんだかもう……疲れます。

タリクはニヤニヤしながら、ライネルさまの腕を掴んで後ろにひねり上げました。

「おいっ、何をするっ」

「こちとら金になりゃいいだけなんで。ここは一つ、大人しくしててくれませんかね？」

「おいっ、止めろっ」

「おいおい。アンタが暴れるとお嬢さんたちがひどい目に遭《あ》うぜ。両手を縛るだけだ。大人しくしてろよ、王子さま」

「くっ」

タリクに言われてハッと何かに気付いたライネルさまは、横目でちらりと男爵令嬢のほうを見て悔しそうに顔を歪めています。

ライネルさまが大人しくなったのを確認すると、タリクはレアンに目で合図をしました。レアンはバツの悪そうな表情を浮かべつつも男爵令嬢の肩に手をかけます。

「ちょっ、ちょっと、ナニするつもりっ⁉」

「ごめんよぉ、手足を縛るだけだから。我慢してよ、ブリリアント」

「んっ？」

ライネルさまがギロリとレアンを睨《にら》みました。

「あっ……ああ、すみません。ちょっと我慢してね、バークレイ男爵令嬢」

睨《にら》まれたレアンはバークレイ男爵令嬢を呼び直しましたけれど、指摘すべきはそこではないと思いますよ、ライネルさま。

レアンという男は、バークレイ男爵令嬢と何か訳ありのようですが、わたくしは興味ありません。

それにしてもライネルさまって意外とヤキモチ焼きなのね。わたくし、ライネルさまに一度たりとも嫉妬されたことなどないですけど。

だからといって、バークレイ男爵令嬢を妬ましく思う気持ちはありません。ちょっと意外だっただけで。

というか、ライネルさま、バークレイ男爵令嬢とは、本気だったのですか!?

わたくし、ただの遊びだと思っていました。もしくは、騙されているとか、気の迷いとか。

ライネルさまが本気だという話は出ていたような気もしますが、実際に目の当たりにすると衝撃が大きいです。

ただの馬鹿ではなく、恋する馬鹿でしたのね。恋は人を愚かにするといいます。ということは今の王太子殿下は、馬鹿増量中ということかしらね。

だから、わたくしを誘拐しようとして、自分まで誘拐されることになったのね。

……いやいや。ライネルさまなら、通常営業でも誘拐されるでしょう。だから護衛だけでなく、影が何人も付いているのです。

今、影の方々はどうされているのでしょうか。救出作戦は、どこまで進んでいるのでしょうか。

そもそも、影の方々が付いているというのに、誘拐されるライネルさまってどうなのかしら。

でもこの状況って、わたくしも誘拐されていますよね？　この場合、愚かさ度合いがライネルさまと同等、ということになりますか？

あぁ、それは納得できません。どうにかして逃げられないものかしら。

助けを待つ、という手もありますが、待つだけというのも……どうなのでしょうか。

色々考えることはありますし戸惑ってはいますが、とりあえずそこにある金とピンクの頭は一発ずつ殴ってやりたいです。

◇◆◇

「サム、いつまで笑っている気だ？」

「だって……はははっ。不器用にも程がありますぜ、旦那。なんで喧嘩しちゃうんですかぁ～」

ここは執務室だというのにサムが笑い転げていて、執務どころではない状態だ。

書棚の前に置かれた甲冑《かっちゅう》に縋《すが》りつくようにして笑うサムを見て、私はきまりが悪く自分の口元が歪むのがわかった。

「いや、私だって喧嘩するつもりはなかったのだ……」

「それはわかってますけど……ヒィィ……喧嘩した挙句に出かけられちゃうとか……ハハハッ。ホンット、女の扱いが下手ですね、旦那」

「うるさい」

私は執務机の前で、ちょっとだけ不機嫌になっていた。なぜこんな気持ちになるのかわからない。わかりたくない。

大事にしたいと思った。

それだけなのに、なぜ上手くいかないのだろうか。

「そうしてると拗ねてる子どもみたいに見えますぜ」

私を見たサムがまた笑う。いつまで笑っている気だろうか、この侍従は。

「もう仕事を始め――」

よう、と続けようとしたところで、執務室に誰かが駆け込んできた。クラウディアの侍女であるリデアと二人につけた護衛だ。

駆け込んできた二人の異様な様子に私の全身に緊張が走った。驚いたサムは叫びながらリデアに駆け寄る。

「どうしました!?」

「お嬢さまがっ！　お嬢さまがっ！」

普段は冷静な侍女が真っ青になってあわてふためいている。これはただごとではない。

真剣な顔のサムがリデアを腕の中に収めながら先を促す。

「クラウディアさまが、どうしました!?」

「お嬢さまがっ……攫《さら》われました！」

驚きのあまり一瞬、息を呑んだ。

私は椅子を蹴るようにして勢いよく立ち上がった。

クラウディアが攫《さら》われた!?　そんなバカな。

足早に彼らのもとに近づいた私は、リデアを揺すぶるようにして問う。

「一体、どこで!?　誰に!?」

サムが睨《にら》んでくるが、自分を止められなかった。

「温泉施設で……施設の職員が盗賊グループの仲間だったらしくて……」

弱々しい侍女の声を聞きながら、これが現実であると私は実感していく。リデアを詰めている場合ではない。

「あぁ！　急いで手配をかけないと。サムっ！」

「はい」

「騎士たちを……いや、手の空いている者を詰め所に集めてくれ」

「はいっ」

サムはリデアを気にかけながらも、クラウディアの護衛と共に部屋を出て行く。

「我々が必ず彼女を取り戻すから。君はとりあえず部屋で休んで」

「そんな……私も何かできることが……」

「今はない」

私はキッパリと言った。リデアはショックを受けたようだったが、納得もしたようだ。唇をキュッと噛みしめて耐えている。

「顔が真っ白だ。君が倒れてしまったら、私がクラウディアさまに怒られる。まずは休んで、彼女が戻ってきたときの準備を」

「……はい」

私の言葉に弱々しく返事をすると、リデアはヨロヨロしながら部屋を出て行った。そのあとを追うように私も執務室をあとにする。

一足早く部屋を出たサムは、すでに手すきの者を辺境伯領騎士団の詰め所に集めていた。

大きな机を取り囲むようにして、ガタイの良い騎士たちがひしめいている。

私が入っていくと緊張した顔をした一同の視線が一瞬にして集まった。

「サム、状況はわかったか？」

「はい。クラウディアさまに付いていた護衛によりますと、温泉施設内で施設職員の手引きによりお嬢さまは攫《さら》われたようです。これが施設の簡単な間取りになります。こちらにリデアさんと護衛たち。この出入口から連れ去られたと見ています」

「そうか。目撃情報は？」

「怪しい馬車が走り去るのを、出入りの業者が見ています」

「行き先はわかるか？」

「今聞き込みに行ってもらっています」

迅速な手配だ。もし誘拐されたのがクラウディアではなかったのなら、私はもう少し落ち着いて指揮を執ることができるだろう。

だが今回は無理だ。優秀な人材が周りにいてくれて良かったと心の底から思う。

「情報をまずは集めて……誘拐犯の居所を突き止めなければ……」

ジリジリとした不快感が胃の底から這《は》いあがってくる。

不快な思いを、この不安を、噛み潰してしまえたらいいが、それだけでは先に進まない。歯ぎしりが滑って思わず唇を噛む。痛みはさして感じない。相当気が焦っているようだ。自覚はあるがどうしようもない。

焦っても情報はすぐに集まらない。そう思っていたところに王室の影が飛び込んできた。聞くと王太子も行方不明になっているということで、助けを求めてきたようだった。

「もしかしたら、一緒にいるのかもしれない」

私の一声で、王太子と彼に付き添っているピンク髪の令嬢の情報も集められることになった。

「王太子殿下はともかく、バークレイ男爵令嬢は、かなり目立つはずだ。目撃情報があるかもしれない」

「そうですね。屋敷の者たちにも協力を頼みましょうか？」

「ああ。強面の騎士たちが聞いて回るより、彼らのほうが地元の情報は集めやすいだろう。そうしてくれ」

サムの指示の下、使用人たちからも情報が集められた。

執事であるセバスチャンは元騎士で、引退した騎士たちと繋がりが強い。ゆっくり余生を過ごしながら地元で貢献している彼らは顔が広いため、そちらから情報を集めることとなった。

メイド長であるテッサは、お喋り好きなご婦人方に聞き込みを始め、料理長であるホーカーは、仕入先の農家や商店で情報を集めるために出かけていった。

パティシエのフィルは知り合いの土産物店から情報を集め、メイドのアンナは人数の多い兄弟姉妹たちを聞き込みに走らせた。

御者《ぎょしゃ》のカルロは無口で強面の男たちから言葉少なに情報を聞き出し、馬丁《ばてい》のトムは得られた情報を届けるため何度も街と屋敷を往復した。

庭師のヨハンは、大切なお嬢さまが見つかった時に必要となりそうな道具を揃えて、その時を待っている。

ザワザワとしながら出入りする屈強な戦士や使用人たちを見ながら、私はイライラと落ち着かない。

クラウディア。私は貴女《あなた》のことが心配で、不安で、たまらないよ。

私の愛しいクラウディア――

◇◆◇

バカと尻軽の相性の良さを、わたくしは今、実感しています。

「ライさまぁ～。ブリちゃん、怖ぁあぃ～」

「うんうん。ブリちゃんは繊細《せんさい》さんだな。ボクがいるから大丈夫だよ」

「ライさまぁ～」

「……」

別の意味で逃げたくなってきました。

男爵令嬢とライネルさまは甘い雰囲気を出しまくっています。わたくしたちは手足を拘束されて床に転がされているというのに。

もともとライネルさまと男爵令嬢はもっと離れた場所に転がされていたのですが、床をズリズリと言《は》って互いに近づいたので、今は寄り添っています。

しかも、下らない会話を続けながら、わたくしの目の前でイチャイチャしているのです。……まぁ、緊急事態に泣き喚いたり喧嘩を始めたりしてしまうよりまだマシと思うしかありません。

貴族らしからぬ品のなさ、とか嘆いたところで、床に転がされている現状が品を欠きまくっているので今更です。致し方ありません。

「ライさまがいてくださって良かったぁ〜」

「ボクも、ブリちゃんがいて良かったと思っているよぉ〜」

誰しも相手次第で態度が変わるというのはあることです。男女というものは身分のみではなく、そこを飛び越えた相性というものがあるのでしょう。

金髪碧眼のいかにも王子さま然としたライネルさまが、いま目前にいます。

ライネルさまに、こんな一面があったとは知りませんでした。バカ王太子殿下として名高いライネルさまが、ちょっとカッコイイ王子さまに見えないこともありません。

適材適所という言葉を持ち出すならば、これまでライネルさまは正しい位置に据えられていなかったのでしょう。

ライネルさまは男爵令嬢のパートナーとしては相応《ふさわ》しいが、王太子としての適性はない、ということです。

次期国王に据えるとなれば血筋も重要視すべきなので、その辺の扱いは難しいものがあるのですが。

「ライさまぁ〜」

「ブリちゃん」

まぁ、育て方というものもあります。ライネルさまは王太子として完璧に間違った育て方をされていますから、仕方ありません。

仕方ありませんがそれならそれで、わたくしを巻き込まないでほしいです。わたくしが悪いわけではないので。

育て方を間違えたのは国王さまと王妃さまです。不敬とか言ってる場合ではありません。わたくしを巻き込まないでください。

その点においては、わたくし、丸っと部外者ですよ？

国王さまと王妃さまがライネルさまを甘やかして育てたから、わたくしは王妃教育などで無駄に時間をとられてしまいました。

あげくに誘拐までされたのですから、文句の一つも言いたくなります。

わたくしが婚約者として可愛げがないのがいけなかった、と、言われても認めません。ええ、断じて認めません。

イチャつくバカップル横目にそう悪態をついていると、ガチャリとドアが開く音がして、わたくしたちが閉じ込められている納屋《なや》の部屋に、シドが現れました。

「ごきげんはいかがかな？」

その後ろから、タリクとレアンも部屋へと入ってきます。

部屋に入ってきた悪党を視認するや、ライネルさまが血相を変えて叫びます。

「貴様っ！　ボクたちを誘拐して、ただで済むと思っているのか⁉」

「いやいや、王太子殿下。我々は辺境伯領で迷子になっていたアナタを保護しただけですよ。王家は喜んで身代金を払ってくれることでしょうよ。ハハハッ」

ニヤニヤした嫌な笑みを浮かべたタリクの下卑た声を聞いて、不安げな顔をしたレアンがわたくしたちの顔とシドたちの顔を見比べて首を傾げました。

「でもボス。本当に大丈夫なんですか？」

「レアン、ビクビクするなよ」

「でも……」

「お前、元は男爵令息だったたか。貴族ってヤツは必要以上にビビるもんなんだな」

「タリクの兄貴。必要以上というか……」

「ボクは次期国王だぞ。こんな扱いは許されんっ」

「そうよ、そうよ。ライさまは偉いんだからっ」

レアンの消え入りそうな声に乗じて、ライネルさまと男爵令嬢が吠えます。

事実なのですが、会話を聞いていると事実を事実として受け止められない、受け止めたくないと思っている自分を感じます。

次期国王がライネルさまという判断は正解なのかしら。

「ははっ。次期国王が誰だろうと、オレたち平民にゃ関係ないさ」

シドの嘲笑に、ライネルさまと男爵令嬢が目を剥《む》きました。

「なにっ⁉」

「不敬ですわよっ⁉」

「王族も貴族も、オレたちにとっちゃ知らん人でしかないからなぁ。よくて搾取者だ。平民から搾り取るだけ搾り取る悪党だ」

さすが悪党。感覚が独特です。

「なんだとっ⁉」

「不敬ですわよっ⁉」

「まぁオレたちは金さえ手に入ればいいんだ。アンタたち自体にゃ興味はない」

シドは鼻先でせせら笑いながら、わたくしたちを見下ろします。

「それですけど、ボス。本当に大丈夫なんですか？」

「何がだよ、レアン」

「オレたち、捕まったらえらいことになるんですけど。その辺は……」

「あー、逃走ルートのことか？　大丈夫、大丈夫。用意してあるから」

さすが悪党。逃げる算段だけはキチンとしているようです。

「それにここは辺境伯領だぜ？　簡単に逃げ切れるだろうよ」

それには同意しかねます。

「でもぉ、タリクの兄貴。こっちのヤツら、やたらとガタイがいいんですよ」

「ははっ。騎士だ兵士だってヤツらは屈強でも、こんな時にはそう役には立たないさ。身軽に動けるオレたちのほうが有利なくらいだ」

レアンの心配をシドは笑い飛ばしました。

「そうなんですか？　ボス」

「お前はホントにお坊ちゃんだな。オレたちはここに来るまでいくつもの領を見てきたが、田舎《いなか》で統率のとれた警備をしている騎士や兵士になんざ、お目にかかったことがねぇ」

「アイツらは皆、自分の功績を欲しがるからな。小悪党になんぞ興味ねぇよ」

タリクも怯えるレアンを嘲笑《あざわら》います。

「でもぉ……」

しかしまだ不安げにしているレアンを、シドは笑いながら諭しました。

「そうとも。戦ともなれば話は違うだろうが、たかだか誘拐だ。向こうにしたって、兵士を差し向けてオレたちをとっ捕まえるより、金を払っちまったほうが楽じゃないか」

ボスの尻馬に乗ったタリクも馬鹿にしたように話します。

「そうそう。それに、なんといってもここは辺境伯領だからさ。王都に比べたら警備だって全然ダメだ。実際、メリンダだってとっくの昔に逃げちまったしな。安心しろよ、レアン」

「はぁ……そういうものですかねぇ」

レアンは納得しかねているようです。

「そういうもんだよ」

「心配すんなって」

シドとタリクに力強く肩を叩かれてレアンがふらついています。

誘拐犯たちは、辺境には的確な指示を出せる賢い者はおらず兵士たちも統率がとれないから、簡単に逃げおおせると踏んでいるようです。

でも、そう簡単にいくかしら？

あなたたち、辺境伯領の皆さまの力を舐めすぎていらっしゃると思いますわ！

◇◆◇

下卑た談笑が続いて、わたくしもうっとうしくなってきたところ、さきほどまで聞こえていた鳥の声が急に止みました。

「辺境伯領の端にある家ではあるが……さっきから、変に静かだな」

「そうですね、ボス。なんだか悪い予感がします……」

「ちょっとぉ～。ボスもレアンも変なことを言わないでくださいよぉ」

シドもレアンも異変を感じ取ったようです。タリクはヘラヘラとしてはいるものの、冷や汗をかいています。一応、悪いことをしている自覚くらいはあるようです。

下級貴族の誘拐くらいならともかく、王太子殿下の誘拐となったら大掛かりな捜査が入るのは当たり前だと思うのですが。

そんな三人をライネルさまがギロリと睨《にら》んでいます。凛々しい顔をしてみた所で今更ですよ。

わたくしはライネルさまのせいで、こうして床に転がされているのをお忘れなく。

世の中のすべての女性が、そこで目からハートを飛ばしながら見つめているピンク頭のような反応をすると思ったら大間違いです。

「ヤバいかもしれない。おいっ、お前ら。そいつらを馬車に乗せろ」

「へいっ。わかりやしたっ、ボスっ」

シドの言葉で、タリクはテキパキと動き出します。レアンも素早く動き出し、すまなさそうに男爵令嬢へ声をかけます。

「バークレイ男爵令嬢。さぁ、立ってくれ」

「ちょっとぉ、レアンちゃん？　私、足も縛られているのよ？」

「あぁ、悪い悪い。いま解くよ」

ああ、溜息が出ます。男爵令嬢とレアンの会話を聞いていると、どうも緊迫感が薄れていけません。

「ほらっ！　お前も立てよっ！」

「おいっ、こらっ！　不敬だぞっ！」

タリクに急かされてライネルさまが怒鳴ってますけど、その意見には賛同できません。

それは自業自得というものですよ、ライネルさま。

「こちらのお嬢さんも、立ってもらおうか。さっさと馬車に乗れ」

「……」

唇をキッと結んで黙秘を貫いていたわたくしの縄を、シドが解きました。蹴り上げてやりたいけれど、ドレスの裾が邪魔ですし、今は体力を温存しておきましょう。

手の拘束も解かれ、わたくしたちは追い立てられるようにして部屋から出されました。

どうにかして逃げられないかしら？

わたくしは周囲を観察しながら部屋の外にある狭い廊下を歩いていきます。しかし一階は扉も窓も閉められていて、開いているのは二階の窓だけのようです。小さな窓ですし、二階にありますからそこから逃げるのは難しいでしょう。

吹き抜けから一階を覗くと、連れ去られた際に乗せられた馬車が見えます。

あとは窓ガラスのはまっていない小さな窓があるだけで薄暗く、逃げられるような場所など見つかりません。

「おら、こっちだ」

仕方ありません。シドの後ろに大人しくついていくことにします。

「怖いぃぃ、ライさまぁ～」

「ボクが一緒だから大丈夫だよ、ブリちゃん」

いや、ちっとも大丈夫じゃないし、すべての元凶はあなたでしょ？　そうツッコミたいのを耐えます。バカに構って体力を削られる余裕などありません。

汚れた狭い廊下を進み、急な階段を下ります。わたくしはなす術《すべ》もなく馬車の前に立たされました。

「おら、お前たち早く乗れ！」

「ちょっと乱暴にしないでっ！」

「ブリちゃんに何をするっ！」

ライネルさまと男爵令嬢は、タリクたちの手によって馬車に押し込まれてしまいました。このまま連れ去る気のようです。

わたくしたちをどこへ連れていく気でしょうか。

「ほらっ、お前もさっさとしろ」

ライネルさまたちに続いて突き飛ばすようにして入れられた馬車の床に転がったまま、わたくしの心臓はドキドキと嫌なリズムを刻んでいます。

冷たい汗も背中や額に流れていきます。ピンチです。

「待ち伏せされていたらどうします？」

「蹴散らしていけばいいだけだ。レアンは心配ばっかりしてないで、さっさと馬を馬車に繋げっ！タリクは納屋《なや》の扉を開けてくれ」

「はいよっ」

タリクの威勢の良い返事とともに、扉が開くようなギシギシとした音が聞こえます。次いで辺りがパッと明るくなりました。

まだ日は高く、誘拐から思っていたほど時間は過ぎていなかったようです。

「早く出よう。捕まりたくないし、明るいうちに山を越えたい」

「はいよ、ボス」

タリクが御者《ぎょしゃ》台に乗りこむ気配がしました。

「レアン。お前は中に乗って、お嬢さんたちを見張っとけ」

タリクの指示とともにレアンが馬車の後方にある扉から中に乗り込もうとした、その時です。バラバラと激しい足音と共に怒鳴り声が響きました。

「辺境伯領騎士団だっ！　大人しくお縄に付けっ！」

「お嬢さまたちを解放しろっ！」

聞き覚えのある声が聞こえてきました。しかも二、三人ではなく、もっと多そうです。

「助けが来たわっ！」

思わずわたくしは叫びます。

「あぁ良かったぁ～ライさまぁ～」

「ああ。良かったな、ブリちゃん」

歓喜の声を上げるわたくしたちとは対照的に、悪党どものほうは大慌てです。

タリクの悲鳴とボスの怒声が響いています。

「どうするんですっ！　ボス！」

「あぁ、もういいっ！　とにかく馬車を出せっ！　走らせろっ！」

「はいっ！　ボスっ！」

ボスの指示とタリクの声を合図に、馬が動き始めてしまいました。馬車がガタンと大きく揺れ、今まさに乗りこもうとしていたレアンがバランスを崩して、馬車から転げ落ちました。

「あぁぁっ、ボスぅ～、兄貴ぃ～」

情けないレアンの声にかぶるように、助けにきてくれた兵士たちの怒号が響いています。

「おいコラ、逃げるなっ！」

「捕まえろっ」

「はーなーせぇー！」

レアンが無駄な抵抗をしている声が聞こえましたが、その声は他の男たちの声にかき消されてしまいました。やがて兵士たちの「確保しました！」という声が聞こえてきましたが、馬車は動きだしてしまっています。

わたくしたちの目の前では、レアンが乗りそびれて開けられたままになっている扉がガタンガタンと揺れています。

「あっ、ヤツらが逃げるぞっ！」

「待てぇ～！」

野太い声と馬のいななきが、ガタガタと悪路を走る馬車を追いかけてきます。

「待てって言われて素直に待つバカはいねぇよっ！　ほらもっと速く走れ！」

「はいっ、ボスっ！」

シドとタリクの緊迫したやり取りが聞こえますが、すぐに他の声がかぶさりました。

「おらぁぁぁぁっ！　そうはいくかぁぁぁぁぁ！」

揉めているのか、御者《ぎょしゃ》台あたりが騒がしいです。

「うわぁぁぁぁぁぁぁ」

「なんだよ、お前っ！　バケモンかっ！」

少しの間シドたちの揉み合う音が聞こえていましたが、少ししてドスンと大きな音がしたかと思うと、男たちが争う音が遠くなっていきました。

何とか身体を起こして小さな窓から前方を見ると、御者《ぎょしゃ》台には誰もいなくなっています。

御者《ぎょしゃ》をなくした馬は一瞬、足を緩め、馬車のスピードが少し落ちました。

「ああっ、ライさま！　ライさまぁ～！」

「慌てるな、ブリちゃん！　ボクに掴まれっ！」

「あぁ～れぇ～、ライさまぁ～」

それは一瞬の出来事。ライネルさまは男爵令嬢を抱えると、馬車が動いているにもかかわらず、開け放たれたままになっていた扉から飛び降りていきました。

バカでも愛する者を見捨てないという機能は備わっていたようです。

ドサッという大きな音がして、そのあとを追うように男たちの歓声が聞こえました。

「王太子殿下っ！　ご無事ですか!?」

「お嬢さま？　クラウディアさまですか？」

「いや違うっ！　これはクラウディアさまではないっ！」

「クラウディアさま！　クラウディアさまはどこだー!?」

「きゃぁーーーーー！　血が出てる!?　ライさまぁ～！」

男たちの野太い声に怯えていた馬は、甲高い女の声に驚いたのか、再びスピードを上げてしまいました……

あっという間に兵士たちの声は遠ざかっていきます。

ああ。どうしましょう。わたくし、一人になってしまいました。

◇◆◇

わたくしは一人、馬車の中に取り残されてしまいました。御者《ぎょしゃ》がいなくなったいま、馬がどんな行動をとるかわかりません。

馬車の扉は開け放たれブランブランと揺れています。

馬車が走る道は草の生えた地面ですから、今なら外に飛び出て草の上を転がり落ちても酷い怪我はしないで済みそうです。

スピードが上がってしまわないうちに、馬車から飛び降りたほうが良いように思えます。

馬車の壁に縋《すが》るように立ち上がり、さあ飛び降りようとした矢先。

「あっ!?」

馬たちのスピードがグンッと上がりました。大きくグラリと揺れた拍子に中から投げ出されないよう、わたくしは必死に馬車へとしがみつきます。

「……っ」

振り落とされないように歯を食いしばりますが、なおも馬車のスピードは上がっていきます。わたくしは立っているのがやっとです。

これではいつまで持ちこたえられるかわかりません。こんな速いスピードで外に飛び出したら……わたくし、無事でいられるでしょうか？

飛び降りるかどうか迷っている間にも馬たちは駆け続け、山へと続く坂道に入ってしまいました。

「うっ……ッ」

ガランガランと大きく揺れながら走る馬車の中で、わたくしは体を馬車の壁にぶつけながら外を見ました。

坂道に入り込んだ馬車から見える道は、石がゴロゴロ転がる剥《む》き出しのでこぼこ道。飛び降りたら無事では済まないのは明白です。

ですが、このまま馬車に留まっても命が危機であることに変わりありません。

馬たちが道を外れれば、馬車もろとも体勢を崩して大事故になってしまいます。

決断の時です。

わたくしは唇を噛みしめ、意を決して馬車から飛び降りようと扉の前に移動しました。

「……ディアァー！　……クラウディアー！」

「……アレクサンドロさま？」

その時ふと、空耳のようにアレクサンドロさまの声が聞こえました。

よく見ると、遠くのほうから白馬を駆ってとてつもないスピードでこちらに向かってくるアレクサンドロさまの姿がありました。

「クラウディアっ！　飛び降りろっ！　私が受け止めるっ！」

凛と響いてまっすぐに届く声。青みを帯びた銀髪が風に乱されながら、陽の光を受けて輝いています。

天使とも戦士とも見えるその人は、馬上にありながら揺らぐことなくまっすぐに私を見ていました。

「アレクサンドロさまっ！」

わたくしの英雄が窮地を救いにやってきてくれました。

「怖がらなくていいっ！　絶対に受け止めるから！」

マントを羽織ったアレクサンドロさまが、わたくしに向かって両手を伸ばしています。

馬車の後方から前方へと通り抜ける風は強く、わたくしを馬車の中に引き戻そうとしています。

すくんだ足の命じるままここにいれば、いずれ馬車と共にわたくしの命は塵芥《ちりあくた》のように消えてしまうことでしょう。

それは嫌です。

「早く、クラウディア！　私を信じてっ！」

アレクサンドロさまがすぐそこにいるのに、命を落とすなんて嫌。

ああ。恐怖がスッと遠のいていきます。わたくしの目に映るのは、アレクサンドロさま、あなたの姿だけ。

「怖かったら目を閉じて！　さぁ、おいでっ！」

馬車から飛び降りるのなら、飛んでくる小石やちりから目を守るためにも目を閉じたほうが安全でしょう。

ですが、目を閉じたらアレクサンドロさまの姿は見えなくなります。

わたくしは、見逃したくないのです。

危険を顧《かえり》みず、わたくしを救いに来てくれたアレクサンドロさまの姿を、この目に焼き付けたいのです。

「さぁ、早くっ！」

わたくしを促すアレクサンドロさまの力強い声が響きます。

「……っ」

わたくしはゴクリと息を呑みます。そして、じっとアレクサンドロさまを見据えると、馬車の入り口を蹴るようにして飛び降りました。

思っていたよりも風が強く思わず目を閉じたくなるけれど、わたくしはアレクサンドロさまの勇姿を見たい。

その顔を。表情を。彼の姿を目に焼き付けたい。

わたくしは必死で目を開けます。風が痛い。でも閉じたくない。ドレスの裾が風に煽られ無様に

揺れます。

でも、いまはそんなことどうでもいい。煽られた裾で体が風に流されそうになるけれど負けられない。

全身でアレクサンドロさまを目指して必死に手を伸ばし、愛しい人の胸を全力で目指し、そして掴むの。

わたくしの、すべてを掴むのです。

「捕まえたっ！」

今まで聞いた誰の声よりも近く、アレクサンドロさまの声が響きました。

気付くとわたくしの体を、力強い腕と逞《たくま》しい体が包んでいました。

「頑張ったね。よく頑張ったね、クラウディア」

緩やかに速度を落としていく白馬の上で、わたくしはアレクサンドロさまに強く、強く、抱きしめられていました。

「……っ」

声にならないくぐもった音がわたくしの喉奥から響いて、わたくしは両腕をアレクサンドロさまの背中に回して抱きしめ返します。

背後では馬がいななき、馬車がガラガラガシャンと不吉な音を立てています。

何が起こっているのかは見たくなくて、わたくしは、アレクサンドロさまの胸に顔を埋《うず》めました。

「良かった。良かった、間に合って……」

アレクサンドロさまがわたくしの頭上で、安堵の溜息混じりの声を漏らしました。白馬は主人の安堵に合わせるかのように歩みを緩めていきます。

「心臓が止まるかと思ったよ。あぁ、クラウディア……」

ギュッと抱きしめると、アレクサンドロさまの体温と鼓動が伝わるようです。

息を吸い込めば感じるアレクサンドロさまの香り。頬にあたる自分のものではない髪の感触。自分のものではない鼓動と自分の鼓動。

わたくしは生きている証を改めて感じました。

「貴女《あなた》が無事で、良かった……」

アレクサンドロさまが、わたくしの頭に何度も何度も顔を擦りつけながら気持ちを口にします。

彼の声を聞き、彼の体温を感じ、彼に包まれていることを実感しながら、わたくしの緊張は解れていきました。

「ああ、クラウディア。もう大丈夫、大丈夫だよ……私がいる」

そして緊張が解けていくことで、自分の体がどれだけ強張《こわば》っていたのかを知りました。

「貴女《あなた》には私がついている。私には甘えていいんだよ」

その言葉で、わたくしは彼にすべてを受け止めてもらい、すべてを受け入れてもらえたのだと感じました。

「貴女《あなた》を失うかと思って、私は心臓が止まりそうだったよ。私を長生きさせたかったら、心配させないでおくれ……」

少し笑いを含んだ甘い声が嬉しいことを囁きます。

体の奥が歓喜に震えてわたくしの中に閉じ込めていた何かがあふれ出てきました。

「アレクサンドロさま……アレクサンドロさま……」

「ああ、ああ。私はここにいるよ、クラウディア。私は貴女《あなた》の側にいる……」

アレクサンドロさまの腕の中で、わたくしは安堵の涙を流しました。

アレクサンドロさまの一番近く。どこよりも、誰よりも、アレクサンドロさまに近い場所。

ここがわたくしの場所です。

この場所は、絶対、誰にも、譲りませんわっ！

◇◆◇

わたくしの誘拐は大きな騒ぎとなっていて、連れ込まれた納屋《なや》の近くに臨時の詰め所ができていました。

わたくしがそこへ着くなり駆け寄ってきたのは、わたくしの忠実な侍女でした。

「おじょぉさぁまぁぁぁぁ！」

いつもの澄《す》ました顔をどこかに置き去りにしてきたリデアは、大粒の涙をポロポロと流しながらわたくしに抱きついてきます。

「ご無事で……良かったぁ～」

「わたくしは、大丈夫ですからね？　あぁ、そんなに泣かないで」

リデアはわたくしを手でペタペタと触ったり、体のあちらこちらを涙目でチェックして無事を確認すると、大きく息を吐きました。

「はぁぁぁぁぁ、良かったぁ。もう……もうっ、お嬢さまぁ～。もう、勝手に一人で……どこかへ……行かないでくださいねぇ～」

「ええ……えぇ、リデア。わかっているわ。ごめんなさい。だから、もう泣かないで……」

「ほんっっっと～に、良かったぁ～」

わたくしは、すっかり泣き虫になってしまった侍女をギュッと抱きしめました。

今回のことは、わたくしも不用心でしたから。

「ご心配おかけしました。ごめんなさいね、リデア」

リデアは泣くのに忙しくてまともに喋ることができないようで、返事の代わりにわたくしの腰に回されたリデアの腕にギュッと力が込められました。

これでわたくしは許されたということでしょうか。それとも、もう離れないという意思の表れなのでしょうか。その両方なのかもしれません。

離れないという意思を込めて、わたくしも改めてギュッと力をこめてリデアを抱きしめます。

今回の事件では皆に迷惑をかけてしまいました。元を辿《たど》ればライネルさまのせいですが、わたくしも油断すべきではなかったのです。

わたくしの生還を、使用人たちも、騎士たちも、協力してくださった領民の皆も喜んでくれました。

わたくしの救出には皆さんの協力があったそうです。

本当にたくさんの方々に助けてもらいました。ありがたいことです。でも何度もご迷惑をおかけするわけにはいきません。

これからはもっと気を引き締めて注意すると心に誓う、わたくしなのでした。

「本当に、ご無事で良かったです、お嬢さま」

「サム。ありがとう」

わたくしと、わたくしの腕の中にいるリデアを見比べながら苦笑しているサムが、冷やかすような口調で言ってきます。

「お嬢さまに何かあったら、旦那さまがおかしくなってしまいますからね」

「まぁ、そんなことは……」

ないでしょう、と、思いながらも、わたくしは嬉しいのと恥ずかしいのとで頬が熱くなっていくのを感じました。サムが笑う気配がします。

「あの旦那さまを振り回すことができるのは、お嬢さまだけですよ」

「もう……からかわないで」

「ふふ。旦那さまのお世話をする我々のためにも、御自身を大切にしてくださいませ」

「ありがとう、サム」

サムは何かに気付き、わたくしの腰に巻きついたリデアをさりげなく解いてくれました。

「……さぁ、リデアさん。あちらに行って、少し身だしなみを整えましょうか」

「サムさん……ありがとうございますぅ～」

サムは私の後方に一度ウィンクすると、リデアを連れて姿を消しました。そして入れ替わりに彼の主人がやってきました。

「落ち着いたかな？」

振り返ると、大人らしい頼り甲斐のある笑顔でわたくしを見るアレクサンドロさまが立っていました。

わたくし、この方の胸の中で……と改めて思い返すと、ボンッと顔が燃えてしまいそうです。

「アレクサンドロさま……はい。わたくしは、大丈夫ですわ」

ちょっと顔を見るのも気恥ずかしくて、モジモジしてしまいます。

「貴女《あなた》という人は本当に強いね。あんなに怖い目に遭《あ》ったばかりだというのに」

アレクサンドロさまの気遣いは別の部分に向いていたようです。

「そんなことありませんわ」

強く見えるとしたら。それは、あなたが救いにきてくれたから……あなたがいるから、ですわ、アレクサンドロさま。

ふいに視線を少しずらすと、捕らえられた誘拐犯たちが連行されていくのが見えました。

「国境付近で、温泉施設の女も捕らえたそうですよ」

「メリンダね？　捕まって良かったわ」

逃がさなかったのなら、それでいいわ。あの女は一発殴ってやりたかったのだけれど、どうせわたくしのパンチなど効果ないでしょう。

公爵令嬢誘拐のみならず、王太子の誘拐にまで関わってしまったのですから、どのみち無事では済まないでしょう。勝手に地獄へ落ちたらいいわ。

視線を動かしていくと、ライネルさまと男爵令嬢が馬車の側にいるのが見えました。仲良く並んで手当てを受けています。この二人は、この先どうなるのかしら？

「レアンちゃん……」

男爵令嬢が捕まったソバカスだらけの赤毛男を未練がましく目で追っていますけれども、彼の罪も軽くはありません。なにやら曰《いわ》くのある相手のようですが、彼も無事では済まないでしょう。

ブリリアント・バークレイ男爵令嬢自身だって、無罪放免とはいかないはずです。もちろんライネルさまもです。公爵令嬢を攫《さら》ったのですから。

でも今は、そんなことどうでもいいです。

「大変だったけど、何とか片付きそうだ。それで貴女《あなた》は……本当に、大丈夫かい？」

「ええ、アレクサンドロさま」

心配させてしまったのは申し訳ないけど、アレクサンドロさまに気にかけてもらえてわたくしは嬉しいです。

誘拐騒ぎのドタバタで駆り出された者たちも、役目を終えて次々と帰っていきます。

騒ぎは終わりました。区切りの付いたその先へと人々は流れていきます。わたくしも前を見て先に進みます。

アレクサンドロさま。そこに、あなたがいてくれるから。

「なら、私たちも帰ろうか」

「はい」

白馬に飛び乗ったアレクサンドロさまは、当たり前のようにわたくしを自分の前に乗せました。

ふわっと持ち上げられて、気付いた時には横抱きにされた状態で馬に乗っていました。わたくしは進行方向を向いて、彼の腕にすっぽり収まった状態です。

「乗り心地はどうだい？」

「最高ですわ」

この腕の中は、今まで過ごしたどの場所よりも心地好い。

「それは良かった」

わたくしの頭にアレクサンドロさまの顔が何度も触れる気配がいたします。

もしや、これは髪にキスを何度も落とされる、という現象でしょうか。わたくしからは見えませんから、自分ではよくわかりません。感じるのは愛しげに触れる気配とアレクサンドロさまの存在。

彼の体温、彼の匂い。

アレクサンドロさまは馬の手綱《たづな》を握りながら、わたくしをギュッと抱きすくめました。そして優しく言い含めるように耳元で囁いてきます。

「ねぇ、クラウディア。コルネリア辺境伯領を盛り上げるために何かをするのなら、二人でやろう。一人で突っ走って、私を置いていかないでおくれ」

「うふふ。はい。そうします」

アレクサンドロさまがわたくしを呼ぶ声が甘く響きました。周囲にいる騎士や使用人たちがこちらをチラチラと窺《うかが》っています。ついに人前でも呼び捨てに変わったようです。

「ねぇ、クラウディア？」

「はい？」

振り返って見上げると、わたくしの視線と青い瞳がぶつかります。

「もう……離れない。私は貴女《あなた》からもう離れないよ」

「はい。わたくしも……」

ええ。ええ。もう、わたくしもあなたを離さないわ、アレクサンドロさま。

近づいてくるアレクサンドロさまの美しい顔に耐え切れず瞼《まぶた》を閉じると、温かくて柔らかな感触が唇を覆いました。

第四話　公爵令嬢と辺境伯の幸せな結婚

王令でも王命でもなく、わたくしたちは自分たちの意思で結婚することに決めました。

もちろん白い結婚でもありません。

しかし、正式に婚姻を結ぶにあたり、わたくしには気がかりなことが一つだけあります。それを解決しなければなりません。

窓から入り込む風に秋の気配が混ざり込み始めた日の午前中。

わたくしは執務室でアレクサンドロさまの作業を手伝いながら、机に向かう彼にさりげなくきりだしました。

「アレクサンドロさま。お願いがあるのですが」

「何だい？」

机から顔を上げたアレクサンドロさまが、横に立っていた私を見上げます。優しさと愛情を隠さない青い瞳は、お父さまの空色の瞳とよく似た表情ですが、少しだけ意味合いの違う愛情を湛《たた》えていました。

大丈夫。わたくしは愛されている。

「わたくし……王都での婚姻式の前に、アレクサンドロさまのご両親とマリーベルさまにご挨拶がしたいですわ」

「そう……か」

アレクサンドロさまは一瞬ためらい、ついに来たかと言わんばかりに複雑な表情を浮かべました。

わたくしも少し複雑な気持ちになって目を背けたくなり、やっぱり止めておいたほうがよかったのかしら、という思いが一瞬頭によぎります。

ですが、そこは耐えます。これは想定の範囲です。

執務室の本棚にはたくさんの本が収められていて、その両脇には本を守るように甲冑《かっちゅう》が並んでいます。ここは城塞。弱虫は不要。しっかりするのよ、クラウディア！

そこには触れずに前へと進む道もあることはわかっているけれど、わたくしはご挨拶をする道を選びたいのです。力強く前に進むために。

「はい。墓前にご報告がしたいのです」

キッパリと単刀直入に伝えると、アレクサンドロさまの表情が吹っ切れたものに変わりました。

「わかった」

短く言ったアレクサンドロさまは勢いよく立ち上がると、部屋の隅でサムと打ち合わせを始めました。

少し不安になったわたくしは書類を整えて処理済みの箱へ入れます。手を動かしていると不安が少しマシになるからです。

なんとなく落ち着かない気分で部屋の隅を見ると、いつもの蕩《とろ》けるような優しい笑顔で振り返るアレクサンドロさまと目が合いました。

安堵したわたくしは目を閉じます。少しして手の上に温もりを感じて目を開けると、いつの間にか横に来ていたアレクサンドロさまの大きな手が、わたくしの手の上にそっと重ねられていました。見上げるとわたくしの存在ごと吸い込んでしまいそうな青い瞳があります。視線を外すとサラサラの銀髪の向こうに額の傷が透けています。

過去は消せない。

けれど、これから先の人生、この温かな手はわたくしのもの。

妙に力が入って震えていたわたくしの手が平静を取り戻すのを待ってから、アレクサンドロさまが耳元で囁きました。

「私も一緒に行くよ。一緒に墓前に報告しよう」

「はい」

ついていくと決めた人の手を反対側の手でそっと握ると、アレクサンドロさまも反対側の手をさらに重ねてキュッと握ってくれました。

大丈夫。きっとわたくしは大丈夫。自分にそう言い聞かせて笑顔を作り愛しい人を見上げると、アレクサンドロさまの眉尻が少し困ったように下がります。

自分でも表情が強張《こわば》っているのはわかっているけれど、今日はこれ以上の笑顔を作ることができそうにありません。

マリーベルさまの墓前で、わたくしはどんな気持ちになってしまうのでしょうか。とても不安です。しかし避けては通れないことなのはわかっています。

勇気をください、愛しい人。わたくしがどんな気持ちになったとしても、アレクサンドロさま……あなたに隣にいてほしい。

◇◆◇

次の日の午後。わたくしたちは城壁の北東へとやってきました。

目の前には錆《さび》ついた鉄製の扉があります。背後にはリデアとサムが控えていて、わたくしの隣には愛しい人が並んで立っています。

「墓所は城壁の向こうなんだ」

アレクサンドロさまが目で合図をすると、二人の兵士が扉を開けました。しばらく開けられていなかったのか、扉は軋《きし》むような音を立ててゆっくりと開いていきます。

金属の擦れる匂いがあたりに漂《ただよ》い、目の前に木々の緑が現れました。空の青と植物の緑が視界いっぱいに広がっていて、そこだけ世界が違うようです。

「城を落とさなければ来られない場所だ」

誰に聞かせるでもない独り言のように、アレクサンドロさまがつぶやきます。

「ここは足元が悪い。手を」

「はい」

差し出された手に自分の手を重ねます。

足元には無造作に広がる岩と土と草。足裏にゴツゴツとした岩の感触を感じながら、アレクサンドロさまについていきます。

緑の濃い香りと金属の擦れた匂いとが混ざり合って風に流れていくのを感じながら、前を見て歩を進めました。

「その向こうは崖になっているから気を付けて」

墓所は本当に奥まった場所にありました。崖と城壁に挟まれていて、たしかに城を落とさなければ来られない場所です。その向こうは崖、と言われましたけれど、木々が壁のように枝を伸ばしているため、そこが本当に崖なのかはわかりません。

木と空しか見えないところを眺めながら、アレクサンドロさまは苦々しくつぶやきました。

「本来であれば、ここから街が一望できたのだけれど……私が隠した」

「えっ？」

驚いて隣を見上げると、アレクサンドロさまの眉間には苦しげな深いシワが刻まれています。

「もう奪われたくなくて……ここに墓があるのが見えたら誰か奪いに来るのではないかと不安で……墓も外からは見えないように、私が木を植えた」

「そう……なのですね……」

重苦しい沈黙が二人を包む中、岩を踏みしめ進んでいきます。

「ここだよ」

アレクサンドロさまが前方を指さします。その先には並ぶように三つの墓石が立っていました。

その後ろには、羽を広げ天を仰ぎ見て今にも飛び立たんばかりの天使像。両脇には剣を構えて墓を守るように騎士の像が立っていました。

わたくしが振り返ると、後ろに控えていたリデアが花束を渡してくれました。ここに供えるために持参したのは秋の花です。

天使像の足元に花束をそっと供えて目を閉じます。

（クラウディアと申します。以後お見知りおきを……）

その先の言葉は出てきません。

「マリーベルもここにいる。彼女の実家にも墓はあるのだけれど、遺体はこちらに。彼女はここで眠っている……ごめんね、クラウディア」

「いえ……」

マリーベルさまの実家と辺境伯領がどれだけ離れているのかわかりませんが、遺体を運ぶのは困難だったのでしょう。こちらに埋葬されているのは仕方のないことです。

「私は……再び奪われたくなかったのだ。両親も、マリーベルも。遺体であっても奪われたくはなかった。だから遺体を霊廟《れいびょう》には納めず、ここに……」

わたくしは驚きを隠せませんでした。よくよく考えれば、辺境伯家の霊廟《れいびょう》は別の場所にあります。本来であれば棺はそちらに納められるので、墓石は必要ないはずです。

「彼らが早く土に還ってくれれば、土に還ってこの辺境伯領と一体化してくれれば、もう誰にも奪われないのだと十八歳の私は思っていたんだ……」

誰にも奪われたくない。アレクサンドロさまの当時のお気持ちを思うと胸が痛くなります。わたくしはアレクサンドロさまと繋いだ手をキュッと握りました。

守れなかったご両親とマリーベルさまへの強い思いを、わたくしはどう受け止めればいいのでしょうか。

死してなお奪われたくない存在。

実際、貴族の霊廟《れいびょう》を荒らして棺を奪い、身代金を要求するような輩《やから》もいると聞いています。今とは違って治安が乱れていた辺境伯領では、実際にその危険もあったでしょう。

死によって奪われた大切な方を再び奪われる不安を抱えて、アレクサンドロさまがどんな思いでここを作ったかと思うと、わたくしも心が痛いです。

「もう誰にも奪わせない。奪われたくないと……」

苦しげに言うアレクサンドロさまにかける言葉など見つかりません。

剣を構える騎士の像を墓の両脇に据えたのは、亡骸《なきがら》すら奪われたくないという意思の表れでしょう。

長い年月を野ざらしで過ごしたにもかかわらず、騎士像は黒光りしていて迫力があります。

「その一方で、安らかに眠ってほしいとも思っている」

わたくしは、騎士の像に挟まれた天使の像に視線を移します。元は白かったであろう像には絡みついたつる草を取り除いたような跡があります。人の手が入って管理されているからでしょう。

外からの視線を遮る木も、伸び放題に見える雑草も、管理された結果。ここは外から守られた安息の地。

「せっかく見晴らしの良い場所に作ったのに、と笑われたこともあるけれど、亡くなった人たちは天を目指して飛び立ち、もっと高い場所からこの地を見下ろして眺めているだろう。それは私もわかっているんだ」

自嘲気味に笑うアレクサンドロさまの姿が、わたくしには痛いです。

「もう両親もマリーベルもここにはいない。魂は天に召された。奪われたくない、隠したい、と、思っているのも……奪われないように隠しているのも、私のわがままだ」

わたくしもお母さまを失っています。その上、お父さまやお兄さままで亡くしていたら正気を保てる気がしません。

辺境伯領の人々が側にいたとはいえ、それは家族とは別です。

悲しみと孤独を抱え、不安に苛まれ、その上で辺境伯領を安心して暮らせる場所に変えていったアレクサンドロさまは尊敬に値します。

それを支えている一人がマリーベルさま。

正直、わたくしは嫉妬を感じています。同時に、申し訳なさも感じるのです。

過去のことを糧《かて》にして今がある、と、割り切ってしまう方法もあるでしょう。ですが。それはそれで不誠実であるとわたくしは感じるのです。

人の死を糧《かて》にするなど、不謹慎極まりない。過去だと割り切るほうが楽でしょうけれど、わたくしはそうしたくありません。

なぜなら、お父さまはお母さまを今なお愛し続けていらっしゃっていて、わたくしはそれを見ているからです。

その愛を抱え続けているお父さまの愛を浴びながら、わたくしは育ってきた。過去と割り切って前へと進むのは違う、と感じています。

現に、墓石を見つめるアレクサンドロさまが、マリーベルさまのことを完全に過去へ葬っているようには見えません。

わたくしはアレクサンドロさまのすべてを、余すところなく愛したい。

アレクサンドロさまの一部にマリーベルさまが入り込んで一体化してしまっているのなら、そのことを含め包み込むように愛したい。

アレクサンドロさまの中にあるマリーベルさまへの愛ごと、わたくしはアレクサンドロさまが欲しいのです。

欲張りですね。ええ、欲張りなんです。

どんなに重たくても、丸ごとアレクサンドロさまを受け止めたいし、アレクサンドロさまが欲しい。

まだ脆弱《ぜいじゃく》な十八歳のわたくしに、そんな真似《まね》ができるでしょうか？

アレクサンドロさまの横顔を見つめながら、わたくしはそう考えます。

強くなりたい。

マリーベルさまへのわたくしの嫉妬心や、アレクサンドロさまが過去に抱いた、いえ、いまなお持っているであろうマリーベルさまへの執着心ごと、余すところなく全部、全部欲しいし、愛したい。

この心の底から湧いてくる思いが単純に綺麗なものだとは思いません。重くて切ないものが底に詰まった、愛。簡単に身動きできなくなるような重たい愛を抱えてしまったからこそ、わたくしはあなたとここで生きたいのです。

アレクサンドロさまが眉尻を下げて、少し情けなさそうに口を開きました。

「私はね……クラウディア。貴女《あなた》のことも離したくない。誰にも奪われたくないし、ずっと側にいてほしい」

「アレクサンドロさま……」

「重たい男でごめんね。貴女《あなた》はまだ若いのに」

「いいえ……誰にも奪わせないでください。ずっと側にいてください。わたくしは、あなたの側で生きていきたいです」

「あぁ、クラウディア。貴女《あなた》って人は……」

続く言葉は何だったのでしょうか。全身をガバリと包み込まれるように抱きしめられてしまいましたので、わたくしにはアレクサンドロさまの胸しか見えません。

力強い温かさがわたくしを包み込んでいます。ここはどこよりも愛しくて安全な場所です。

そして、わたくしがこの世界で一番求めていて大切にしたい場所。

爽やかでいて力強さを底に秘めた男性の香り。わたくしの大好きな、愛する人の香り。

わたくしが広い背中に手を回して抱きしめ返すと、逞《たくま》しい腕がさらに強く抱きしめてくれました。

「貴女《あなた》って人は……」

続く言葉をわたくしは待ちます。アレクサンドロさまの腕の中で聞く言葉であれば、どんな言葉でも受け止められるような気がします。

「貴女《あなた》は……柔らかな花の香りがするね。女性は皆、こんな香りがするのかな。マリーベルも、こんな香りがしただろうか？　したような気もするが、遠い昔のことで思い出せない」

過去の女性のそのような思い出をわたくしにするのは、どうかと思いますよ？　アレクサンドロさま。

でも、それすら受け止めたい。

マリーベルさまのことを語りたいのなら、他の女性にではなく、わたくしに話してほしいのです。

わたくしはアレクサンドロさまの背中に回した腕にギュッと力を込めます。

「父も、母も、マリーベルも。一度に亡くしたこの地で、悲劇を繰り返さないために頑張った年月は、気付けば二十年も経っていて、穏やかな日常を得た辺境伯領に満足して、愛することにも愛されることにも無頓着だった。それでも生きていくのに不便はないと欠けたままに過ごしていたけれど……」

アレクサンドロさまは必死だったのですね。

わたくしから見れば賢く、力強く、何事も冷静に完璧にこなしてしまいそうな大人の男性に見えますけれど、あなただって最初から三十八歳の辺境伯であったわけではないのだから、悩みながら、苦しみながら、必要なことをこなしてきて今があるのですよね。

「貴女《あなた》からの愛を手にしてみれば、乾いた土地の植物が水を求めるように貴女《あなた》を求める自分に気付いた。潤《うるお》いを得た心からは貴女《あなた》への想いが芽吹き育ち、もう放すことなんてできない。貴女《あなた》は公爵家の令嬢で元王太子婚約者で、なにより若い。美しく優しく聡明なクラウディア。大人の男として、紳士として、手放して公爵家に帰すのが正しいのだろうけれど……」

「いいえ、アレクサンドロさま。帰さないでください。わたくしは、ずっとずっとお側にいたいです」

「私は年甲斐もなく恋をした。愛しているよ、クラウディア……」

わたくしの頭の上に、キスの気配と擦り寄せられる頬の感触が振ってきます。これは顔を上げたらキスの流れかしら？

◇◆◇

わたくしは辺境伯邸のエントランスから出て、空を見上げました。オレンジ色の光が闇を跳ね飛ばしながら昇っていき、屋敷を照らしていきます。

今日は王都に旅立つ日です。わたくしはアレクサンドロさまとの婚姻を正式に結ぶために王都へと向かうのです。

旅装として選んだのは、ゆとりのある淡いブルーのシンプルなドレス。彼の色をまとって実家を目指します。

今日も辺境伯領は良い天気です。こんなに良い天気の下の出発なのですから、きっと王都に着くまでの数日間の旅も楽しめるでしょう。

お父さまの用意してくれた馬車で王都に戻りますが、次にコルネリア辺境伯領の地を踏むときには、こちらが帰って来るべき土地となっているはずです。

もう迷いはありません。

わたくしは、コルネリア辺境伯夫人となるのです。

「行こう、クラウディア」

「はい」

朝日の中に立つアレクサンドロさまは、シンプルな白いシャツに濃紺のトラウザーズ姿。長旅に備えた楽な服装でありながら、スッと背筋を伸ばして立つ姿は誰よりも凛々しいです。

わたくしは差し出された愛しい人の手を取って、馬車に乗り込みます。

彼は体幹がしっかりしているから、わたくしが少しふらついたくらいではびくともしません。頼り甲斐のある未来の旦那さまです。

馬車の中で向かい合って座ったアレクサンドロさまの表情はとても穏やかで、こちらを見る目には包み込むような愛情を感じます。

跳ね橋を渡って城壁を出ると、眼下に広がるのはオレンジの光と青から濃紺までのグラデーションの中に浮かび上がる辺境伯領の街。

「この眺めとは、しばしのお別れね」

強い風に流された白い雲が、形を変えながら青い空の中を流れていきます。

「戻ってきたら、飽きるほど見られるよ」

アレクサンドロさまの穏やかな声が耳に心地好く響きます。

もうわたくしの中に、不安はありませんでした。

◇◆◇

事件を受けて、ライネル・カルネード王太子殿下の将来は変わってしまいました。

結論を言えば、王位継承権を剥奪《はくだつ》されたのです。

この処分を下すにあたっては、ライネルさまよりも王妃さまのほうが強く反対した、と聞いています。

王妃さまらしいと言えなくはありませんし、気持ちは理解できます。

しかしライネルさまが愚かにお育ちになった原因の一つ、それもとびきり大きな原因である王妃さまが反対するのは、少し違うのではないかとわたくしは思うのです。

王太子殿下ではなくなりますが、ライネルさまには公爵位が与えられます。

あれだけのことをしておいて我がエクスタイン家と同格になるのは納得できないところですが、

王族ですし後ろ盾の件などもありますので、簡単に断罪できるわけではありません。

ライネルさまの処分に関しては、貴族の身分を剥奪《はくだつ》して放り出すことも可能でしたし、監禁という方法も選べました。しかし、それをしてしまえば、王妃さまやライネルさまの後ろ盾となっていた方々が黙っていません。

王妃さまたちの後ろ盾となった貴族方にも力がありますので、火種を残さずに処理するほうが賢いのです。

公爵位を与えて王都の住まいに軟禁、というのは落としどころとしては妥当な線だと、わたくしも思います。

王都から離れた領地に閉じ込めた所で、そこで何かしでかされたら意味がありません。実際、やらかしたのは辺境伯領ですし。

ライネルさまはブリリアント・バークレイ男爵令嬢と結婚して王都に住めるので、それなりに納得も満足もしているそうです。

もちろん、今回の件は一般の国民には秘密です。貴族でも一部の方しか真相をご存じありません。

それが王族というものですし、真実を暴くばかりが正しいことではなく国を維持することのほうが大切ですから、わたくしも納得しています。

ですが、王太子殿下が王位につかないとなると、それなりの説明が必要です。

そこで、ライネルさまと男爵令嬢は運命的な出会いを果たし、王位を手放して結婚、めでたしめでたし、という物語が作られました。

……一概に嘘とは言えない所が、わたくしとしては何とも言い難いものがあります。

ですが、丸く収まるのなら、それはそれでいいでしょう。わたくしは、わたくしで幸せになりますし。少々複雑なものはありますが、この辺のモヤモヤは将来、王家から辺境伯領に何かしら恩恵をもたらしていただくことで解消したいと思います。

新しく王太子になられるのは、側妃ミレーユさまの御子さまであるサイクス第二王子殿下と決まりました。

さらにサイクス第二王子殿下の婚約者には、我がエクスタイン公爵家と縁続きである、メイリック侯爵令嬢アンジェリカさまが選ばれました。

サイクス第二王子殿下とアンジェリカさまは、ともに八歳。相性も悪くないと聞いています。

今から協力して次代の王と王妃になられるための勉学に励む予定だそうです。仲良く成長されていくことを希望します。

エクスタイン公爵家と縁続きとなるコルネリア辺境伯家としても、協力できるところはしていきたい、とアレクサンドロさまも言っています。次代の王国は、より安定し発展していくことでしょう。

そして気になる王妃さまの処遇ですけれど、近々、健康状態が優れずに公務から退かれる予定となっているそうです。

もちろん『健康状態が悪い』というのは表向きの話。

離婚するわけにもいかないし、かといってこのまま王妃としての役割を続けるわけにもいかないので、苦肉の策を立てたと聞いています。

表向きとしては、健康を害したため公務からは手を引きますよ、という形をとり、実際は王妃を引退、ありていに言ってしまえばクビです。

静養と称する軟禁状態に入られます。

そのお住まいは、ライネルさまのお屋敷の隣と聞いています。

男爵令嬢と王妃さまの相性が少し気になる点ではありますが、こちらもなんとか丸く収まりそうです。

王妃さまが嫁イビリを仕掛けたところで、あの男爵令嬢が黙ってやられるとは思えません。

まぁその辺はご勝手に、というところです。

◇◆◇

今、わたくしは久しぶりに王都の実家に来ています。

出発前は明るい色合いの白やピンクといった春の薔薇《ばら》が盛りを迎えていた庭では、深い色合いのロゼや深紅といった秋の薔薇《ばら》が咲き誇っています。

季節は巡り、わたくしたちも変化の時を迎えるのです。

「お父さま、ただいま戻りました」

「お帰り、クラウディア」

「……お父さま、抱きしめすぎではなくて？」

顔を合わせるなりお父さまにギュウと抱きしめられて、わたくしは困惑しています。まだ一年と離れていませんのに歓迎ぶりが半端ないです。

「あぁ、苦しかったか？　すまん、すまん」

お父さまはそう笑いながらわたくしを解放してくれました。

「そうでもありませんけれど……」

久しぶりに会ったお父さまは、一回り小さくなったように見えます。長生きしていただかないと困るので、筋トレでもしてもらったほうが良いかもしれません。公爵家護衛騎士団の一員となったタイラーにでもトレーニングの指導をしてもらって、しっかりと筋肉《マッチョパワー》の力を付けてもらいたいです。

「アレクサンドロさまの前で、恥ずかしいですわ」

ついでに言うと、精神のほうにも筋肉《マッチョパワー》の力を付けてほしいものです。

逃げも隠れもしないのに小さな子のように抱きしめるなんて。娘のことが好きすぎます。

お父さまに抱きしめられるのは嫌ではありませんが、甘やかされ放題の令嬢のように見えるので止めていただきたいです。

それに、アレクサンドロさまとの挨拶もまだですよ、お父さま。

今日のアレクサンドロさまは、カフスが大きくて銀刺繍《ししゅう》がたっぷり入った素敵なコートを着ていて、ほれぼれするようなお姿です。

正式な挨拶をするのだからと普段とは違う華麗な衣装をまとってくれたのですが、お父さまがこれでは困ってしまいます。

「貴男が、アレクサンドロ・コルネリア辺境伯殿かな？　初めまして。エクスタイン公爵家の当主を務めているクラウス・エクスタインです」

「初めまして。アレクサンドロ・コルネリアです。エクスタイン公爵、お嬢さまとの婚姻を認めてくださってありがとうございます」

「こちらこそ、娘をよろしくお願いいたします」

そう、わたくしたちは、正式に婚姻を結ぶために王都へと戻ってきたのです。

わたくしとアレクサンドロさま、護衛のシモンズ、侍女のリデアと侍従のサム。他にも何人かを引きつれての帰郷となりました。

「辺境伯殿には客室を用意したが、それで良かったかな？」

「もちろんですわ、お父さま」

結婚前ではありますけれども、アレクサンドロさまにも我が家に宿泊していただきます。いかんせん、辺境伯領は遠いので、顔を合わせる機会を作りにくいのです。手紙のやり取りはできても直接会えるタイミングは貴重ですから、交流できる時間は大切にしたいと思っています。

これからもそのような機会はたくさんあるでしょうけれど、仲を深めるためのチャンスは逃せません。ですから、アレクサンドロさまには宿泊施設ではなくエクスタイン公爵家に泊まっていただくことにしました。

「ん～。クラウディアの部屋では狭すぎるか」

「お父さまっ⁉」

待って、お父さま？　それは、一体どういう意味でしょうか。

「ご心配いただかなくても結構です。辺境伯領でも、お嬢さんと同じ部屋を使うことはありませんでしたので」

えっと……アレクサンドロさま？　その表情は、どう受け取ればいいのでしょうか。アレクサンドロさまは焦ったような笑顔で青くなったり赤くなったりしています。

夫となる男性が妻となる女性の親族に会う時は、このような雰囲気になるのでしょうか。

わたくしたちに後ろめたいことは一切ありません。まったく何もなかったわけではありませんけれど、あれは許容の範囲内だと思うのです。

そうですわよね、アレクサンドロさま。

ちょっと、お父さま。ニヤニヤするのは止めてください。

「父上。二人をからかって遊ぶのは止めてあげてください」

「お兄さま！」

動揺しているわたくしたちの前に、これまたニヤニヤしているお兄さまが現れました。そして流れるような動作でお兄さまがわたくしを抱きしめてきました。小さな子どもではないので、止めてもらいたいです。

「お久しぶりです、セシルさま」

「顔が見られて嬉しいよ、クラウディア。ようこそいらっしゃいました、アレクサンドロさま」

「もう、お兄さまったら」

妹を腕の中に収めて挨拶とか恥ずかしいので止めてください。

ところでお兄さま、この間よりも少しマッチョになりましたか？

「ははは。遠く離れた辺境伯領へ嫁に行ってしまうのだ。この程度の意趣返しくらい、父親の権利として認めてほしいものだな。ははは」

「お父さま……」

お父さま、変なことを言わないでください。わたくしの冷たい視線を浴びてもお父さまの態度は変わりませんが、その貼り付けたような笑顔は変ですよ。

お父さまとお兄さまが二人して変な威圧をかけるから、アレクサンドロさまが固まってしまったではないですか。大人げない。

「まぁ、せっかくの機会ですから。ゆっくり話でもしましょうよ」

「そうだな、セシル。では応接間にお茶の用意をしてもらおうか」

お兄さま、ナイスフォローです。

「そうね。リデア、お願いできるかしら？」

「承知いたしました、お嬢さま」

「正式には、リデアは我が家の侍女ではなくなったわけなのだけどね？」

わたくしが指示すると、お兄さまがわざとらしく言ってきます。

「お兄さま、堅いことは言いっこなしですわ。わたくしにとっては、この家も我が家ですもの」

「それは困ったなぁ～。妹が頻繁に出入りするとなると、私の結婚相手がどう思うか……」

「えっ⁉　お兄さま、もしかして？」

わたくしは驚いて、お兄さまを見上げます。

「ふふふ。クラウディア。ついにセシルにも、良いお相手が見つかったのだよ」

「ええっ⁉　本当ですか、お父さま。お兄さまってば、いつの間に？」

「ふふふ。お前が忙しくしている間に、実はな……」

「父上！　クラウディアたちは辺境伯領から王都に来たのです。長旅で疲れているのですから、余計な話は後日に」

説明しようとするお父さまをお兄さまが止めましたが、照れるくらいなら妹を放してください。わたくしをぬいぐるみのように抱きしめたまま照れるのはおかしいですよ。

「いいえ、お兄さま。わたくしは疲れておりませんわ」

なにせ、クッションふわふわの馬車で帰って参りましたので。

それに疲れていたとしても驚きで吹っ飛びました。じっくりとお兄さまの婚約者さまの話を聞きたいです。

「アレクサンドロさまも、長旅でお疲れになったでしょう」

「いいえ、私は日ごろから鍛えておりますので」

あら。お兄さまが墓穴を掘ってしまいました。

アレクサンドロさまは御年こそわたくしよりもお父さまに近いのですが、日ごろから鍛えていらっしゃいますからお兄さまよりも体力があるのです。

筋肉の力《マッチョパワー》を甘くみてはいけませんよ、年齢だけで考えるのは激甘です。

「お兄さま、諦めてお話を聞かせてくださいませ」

「え～」

「あら、いやだ。お兄さまったら、真っ赤になってらっしゃる」

「ちょっ……からかうのはナシだよ」

「こらこらセシル。辺境伯殿もいらっしゃるのだぞ」

「いえいえ公爵さま。お気遣いなく。ご家族の仲が良くて微笑ましいですよ」

まぁ、さすがアレクサンドロさま。わたくしの愛しい人は心が広くて素敵です。

「うふふ。そうよ、お父さま。家族が仲良しなのはいいことよ？　わたくしたちはみな、家族になるのですから」

とはいえ、ぬいぐるみ扱いされるのはもう勘弁してほしいので、お兄さまの腕をペチペチ叩いて放してもらいました。ああ、恥ずかしい。

「家族……」

お父さまが、ふと立ち止まる。今度はお父さまの様子が変です。

「家族か……」

応接間の扉はすでに開いていて、わたくしたちが中に入るのを待っています。その部屋を見つめるお父さまの心に、何が去来したのかを知る術《すべ》はありません。空色の瞳が少し潤《うる》んだのが見えましたが、そこにある感情は何なのでしょうか。

「お父さま。これからは、もっと賑やかになりますわ。お兄さまは結婚されて、この家に婚約者さまが住むのでしょう？　すぐに子どもができて……お父さまにとっては、孫ですわよね。孫は一人ではないでしょう」

わたくしは何も気付かないふりをして言葉を紡ぎ、そこにお兄さまの明るい声が重なっていきます。

「ああ、そうだな。私は二人以上欲しい。子どもは何人いても構わない」

「そうよね。わたくしだって子どもはたくさん欲しいですもの。あっという間に増えて、あの応接間が手狭に感じる日がくるかもしれませんわ」

「ああ……ああ、そうだねクラウディア」

お父さまの声は感極まったようにかすかに揺れているけれど、やはりわたくしたちは気付かないふりをします。

テーブルの上にはトレイに載ったお菓子と茶器が並んでいて、賑やかなお茶の時間が始まるのを今か今かと待っているようです。

今日その席に着くのはお父さまとお兄さま、わたくしとアレクサンドロさまの四人だけですが、来年はどうでしょうか。再来年は？

そして、その先に続く未来には、いったい何人になっていることでしょうか。

「ああ……賑やかになるね……」

涙声になるお父さまに、寂しい思いなどさせません。わたくしたちは幸せになるのです。

わたくしたちはお父さまの反応に気付かなかったふりをして、それぞれに席へと着いたのでした。

◇◆◇

気持ち良く晴れた秋の日の午後。

わたくしは王城の控え室でウエディングドレスを着て、鏡の前に立っています。隣にはリデアがいます。

控え室といっても王城にあるので天井が高く、大きな窓や大きな鏡の周囲には立体的な彫刻が飾られているほど豪華です。

わたくしの身支度を整えてくれた侍女は感極まった表情で、鏡に映るわたくしの姿を見つめています。

「お綺麗です」

「ふふ、ありがとう」

ウエディングドレスは、お母さまが着用されたものです。古いものですが大切に保管されていたので問題なく着られました。

「サイズもほぼピッタリですわ」

なんだか胸の辺りがスカスカしますけれど、それは許容の範囲内です。

胸元が大きく開いてはいますが、鎖骨を隠すようにチュールレースが使われているから悪目立ちはしません。

チュールレースをたっぷり使ったふんわりとした袖に、ウエストをキュッと絞って裾に向けて広がっていくプリンセスラインのドレスには、フリルとレース、銀の刺繍《ししゅう》がたっぷりと使われています。

大きな窓から入ってくる光を受けて、銀刺繍《ししゅう》や鏤《ちりば》められた宝石がキラキラ光って綺麗です。

大きな鏡にクルッと背中を向けて後ろ姿もチェックしてみます。うん、完璧。鏡に映る自分の姿を見て、わたくしは花嫁になったことを実感しました。

綺麗に結い上げられた金髪には、白地に青い宝石が散りばめられたヘッドドレス。

アレクサンドロさまの青い瞳よりも、お父さまたちの水色の瞳に近い青ですが、それはご愛嬌。

——わたくしは今日、アレクサンドロさまの妻になります。

わたくしは王家に嫁ぐ予定でしたので、ウエディングドレスは用意していませんでした。

王太子の結婚ともなれば国を挙げての行事となるので、公爵家といえども勝手に衣装を用意することはできないのです。

だから王家に言われるがままのウエディングドレスを着ることになると思っていたのですが、人生、何が起きるかわかりませんね。

急遽ウエディングドレスが必要となり新しく作ることも考えましたが。せっかくなので、お母さまのウエディングドレスで嫁ぐことに決めました。

それがわたくしの望んだことです。こうやって一つずつ、わたくしは自分の希望を叶えていくのでしょう。

満足の溜息を吐いて侍女を振り返ると、そこに彼女らしくない姿を見てわたくしは驚きました。

「リデア？　……あぁ泣かないで？」

「だって、お嬢さまぁ。ここまでのご苦労を思うと……」

「いいの。いいのよ。ねぇ、リデア？　わたくしたちは予定よりも、ずっとずっと幸せになるのだから。ね？」

「グスン。お嬢さまぁ～」

あらあら。わたくしの侍女は、思っていたよりも泣き虫だったみたいです。

「支度はできたかい」

お父さまの声が、扉の向こうで響きます。

「そろそろ、時間だよ」

お兄さまも一緒のようです。

リデアは気合いを入れ直すようにして、表情をキリッとさせました。やるべき時はキチンと決める、頼りになるわたくしのカッコいい侍女です。

わたくしと彼女は視線を合わせてうなずき合います。いよいよ本番です。控室の大きな扉を小さなリデアが静かに開けます。

「ご準備、整いました」

　息を呑み、こちらを見る良く似た二対の目が驚きに見開かれています。でもそれは一瞬のこと。ですが、わたくしにとっては見過ごすことはできない一瞬の出来事です。

　優しく慈愛に満ちた喜びで表情を緩めた二人が、口々にわたくしを褒めてくれます。

「綺麗だよ、クラウディア」

　お父さまの目が涙に揺れています。

「あぁ、綺麗だ。クラウディア」

　お兄さまの目も涙で潤《うる》んでいます。

「いやですわ、お二人とも。わたくしは、お別れするわけではありませんのよ。新しく縁を繋ぐだけですわ」

　そう言いながら、自分の声が潤《うる》んでいくのがわかりました。

　悲しいのではなくて少し寂しく、少し切ない。新しい世界へ向かうには今まで持っていた物を少し手放す必要があります。それはお父さまとお兄さまとの時間であったり、住む場所の変化であったり。

　それは必ずしも別れや悲しいことではなくて、むしろおめでたいことなのですが、それでも少し切なくて、少し寂しくて。

　だけれども、それを上回る嬉しさがあって。

　……あぁ、情緒がぐちゃぐちゃです。

結局、親子三人で仲良く泣いてしまったけれど、悲しいわけではないのです。うまく説明はできませんし、涙も止まりません。時間ギリギリまで泣いて。それから目を真っ赤にしたリデアに、お化粧を直してもらいました。

最初に仕上げてもらったお化粧よりは綺麗でなくなってしまったかもしれませんが、わたくしはこちらのほうが自分らしくて好きです。

豪華なシャンデリアと天井画に見送られるように回廊を進んでいくと、大広間に辿《たど》り着きます。

高位貴族の結婚式は、貴族たちと王族に見守られて結婚誓約書にサインをする、それだけの儀式となっています。

ただそれだけのことではありますが、王太子であったライネルさまとの婚約を解消してアレクサンドロさまと結婚するわたくしにとっては重要な儀式なのです。

お父さまにエスコートされて、衛兵が開いた大きな扉をくぐります。

夜会でもなければ入ることのない王城の大広間には、儀式のための舞台が設《しつら》えられていました。

結婚宣誓のための署名台へは、赤い絨毯が作る一本の道が続いています。

舞台を囲むようにして貴族たちが並び、署名台の前には国王陛下が待っています。

わたくしは緊張のあまりゴクリと唾を飲みます。隣ではお父さまも同じように緊張しているようです。

一歩、また一歩。わたくしは進みます。

色彩豊かなステンドグラスがはまっている大広間の高い天井からは太陽の光が降り注ぎ、磨き上げられた大理石の床にカラフルな影が落ちています。

黒いタキシードを着たお父さまにエスコートされて、わたくしは静々《しずしず》と赤い絨毯の上を進みます。

まっすぐに前を向いて歩くわたくしを待っているのは、正装用の白い騎士服を着た凛々しいアレクサンドロさまです。

緩く一本の三つ編みにして左側に垂らした長い銀髪は陽の光を浴びて輝き、迷いのない青い瞳がわたくしを見ています。

署名台の脇に立つアレクサンドロさまの側に辿《たど》り着くと、お父さまはわたくしの手をとって彼のほうへと差し出しました。

お父さまからアレクサンドロさまへ。わたくし、という存在が渡されるのです。

亡くなったお母さまを愛し続けているお父さまのもとから、亡くなったマリーベルさまへの想いを手放せなかったアレクサンドロさまへ、わたくしは嫁ぎます。

幼少のころより決まっていた相手のもとへ嫁いだのなら、こんな複雑な思いを抱くことはなかったでしょう。

ですがライネルさまと結婚したのなら、こんな迷いのない気持ちになることはなかったはずです。

少し冷たくて震えるお父さまの手からアレクサンドロさまの少し震える温かな手に、わたくしの手が渡されます。

顔を上げるとわたくしを愛しげに見ている誠実そうな青い瞳と目が合いました。

いつもと同じように見えるけれど、少し違う緊張した面持ちのアレクサンドロさま。

百戦錬磨の戦士であり、辺境伯領を治める領主であっても結婚するとなると緊張するようです。

その相手がわたくしであることが、とても嬉しい。

彼の大きな手がペンを握りました。

その手は少し震えていて、いつもの彼とは違うことを物語っています。

それでもペン先は力強く動いて彼の名が結婚誓約書に刻まれていくのです。

ここにわたくしの名を刻めば、わたくしたちは夫婦となります。

力強い男性のサインを横目で眺めながら、わたくしは迷いなく一気にサインをしたためました。

「ここに二人の結婚を認め、両家の縁が結ばれたことを宣言する」

国王陛下の声がシンと静まった大広間に朗々と響いていきます。

晴れてわたくしとアレクサンドロさまは夫婦となりました。今この瞬間より永遠の相棒《パートナー》です。

わたくしの体をそっと引き寄せたアレクサンドロの唇が、ふわっと優しくわたくしのそれに触れました。

一瞬の静寂。そして割れんばかりの拍手喝采。

わたくしの耳元で、アレクサンドロがそっと囁きます。

「もう貴女《あなた》を放してあげないよ。私の奥さん」

「ええ、放さないでくださいまし。わたくしもあなたを放さなくてよ、アレクサンドロ」

初めて敬称を取って呼び捨てにされたアレクサンドロの目が、驚きに見開かれました。

血縁関係のない女性としては、わたくしだけに許された呼び方です。他の女性には渡さないとい

う強い意思の表れでもあります。

「ああ、貴女《あなた》って人は……」

その先の言葉は歓声にかき消されて、わたくしには聞こえませんでした。

唇は離れていきましたが、温かで逞《たくま》しい体はわたくしのすぐそばに寄り添っています。腰に回された力強い腕が、わたくしを軽やかに未来へと連れていってくれることでしょう。

もちろん、わたくしもあなたを引っ張っていくつもりよ、愛しい旦那さま。

覚悟はよろしくて？

よろしいわよね。これからは我慢なんてしないし、必要ないわ。

アレクサンドロ。あなたの隣なら、寒い冬も、暑い夏も、乗り越えながら生きていけると思うの。

幸せになりましょう。欲張りになりましょう。

たくさん泣いて、たくさん怒って、たくさん笑いましょう。

好きなだけ幸せは求めていいし、わたくしたちには幸せを作り出せるだけの力があるのよ。

二人でなら大丈夫。どこまでも行けるわ。

わたくしはクラウディア・コルネリア辺境伯夫人、十八歳。

わたくしの夫はアレクサンドロ・コルネリア辺境伯、三十八歳。

現実が甘くないことなんて、重々承知しています。

だからこそ、二人で目いっぱい幸せを作ることを、ここに誓わせていただきます！

新＊感＊覚ファンタジー！

Regina レジーナブックス

レジーナブックス Regina

大人気のシリーズ、待望の続刊!

自称悪役令嬢な妻の観察記録。1～4

しき

イラスト：八美☆わん

『悪役令嬢』を自称していたバーティアと結婚した王太子セシル。溺愛ルートを謳歌する二人のもとに、友人リソーナからとある依頼が舞い込んだ。やる気満々でリソーナと再会したものの、どうもバーティアの様子がおかしい。なんでも、リソーナはバーティアが前世で読んだ小説に登場する『悪役令嬢』らしく……!?　優秀すぎるセシルとおバカなバーティアの大人気どたばたラブコメ、ここに復活！

詳しくは公式サイトにてご確認ください。

https://www.regina-books.com/

自称
悪役令嬢な
妻の観察記録。
1～2
RC
Regina COMICS
シリーズ累計
192万部突破!!
（電子含む）
原作＝しき
漫画＝蓮見ナツメ
Presented by Shiki & Natsume Hasumi
アルファポリスWebサイトにて
好評連載中!!
＼どたばたラブコメファンタジー／
待望の続編!!
『悪役令嬢』を自称していたバーティアと結婚した王太子セシル。楽しい新婚生活を送っていたところ、バーティアの友人・リソーナ王女から結婚式のプロデュース依頼が舞い込んだ。やる気満々のバーティアをサポートしつつシーヘルビー国へ向かったけれど、どうもバーティアの様子がおかしい。すると、バーティアが
「私、リソーナ様のために
代理悪役令嬢になりますわ!!」
そう宣言して——!?
悪役令嬢なる妻の観察記録。
しき
蓮見ナツメ
元一流悪役令嬢として
打倒王子を掲げて
頑張りますわ!!!!!
妻の観察記録。
悪役令嬢な
しき
蓮見ナツメ
167
悪役令嬢の大先輩である私が
代理悪役令嬢
になりますわ!!!!!
大人気どたばたラブコメファンタジー待望の続編!
大好評発売中!!
アルファポリス 漫画
検索
B6判／各定価：748円（10%税込）

新＊感＊覚　ファンタジー！

Regina レジーナブックス

愛憎渦巻く
ラブロマンス!

死ぬまでにやりたいこと
～浮気夫とすれ違う愛～

ともどーも
イラスト：桑島黎音

アニータは、騎士団長ルイスの妻。愛し愛されて夫婦になったが、かつて真っ赤な顔でプロポーズしてくれた彼はもういない。彼は部下の騎士や令嬢と関係を持っているらしく、街でも噂になっている。我慢してきたアニータだったが、そんな時余命がわずかだとわかった。そこで、死ぬ前にこの関係に終止符を打つため、ルイスと離縁することにして……!?　残りわずかな人生、後悔なんてしたくない！

詳しくは公式サイトにてご確認ください。

https://www.regina-books.com/

新＊感＊覚　ファンタジー！

レジーナブックス Regina

レジーナブックス Regina

破滅不可避なら、
好きに生きるわ!!!!

悪役令嬢に転生したので、すべて無視することにしたのですが……？

りーさん
イラスト：ウラシマ

気づけば見知らぬ豪華な部屋の中、どうやら乙女ゲームの悪役令嬢リリアンに生まれ変わったみたい。しかも、転生したのはゲーム開始の前日で、攻略対象から嫌われまくってる⁉　こうなったら破滅回避は諦めよう。公の場でいきなり断罪する婚約者なんて願い下げだ。攻略対象もヒロインもシナリオも全部無視、やりたいことをやらせてもらうわ！　そうしていたら、なぜか攻略対象がやたらと近づいてきて⁉

詳しくは公式サイトにてご確認ください。

https://www.regina-books.com/

この作品に対する皆様のご意見・ご感想をお待ちしております。
おハガキ・お手紙は以下の宛先にお送りください。

【宛先】
〒150-6019 東京都渋谷区恵比寿 4-20-3 恵比寿ｶﾞｰﾃﾞﾝﾌﾟﾚｲｽﾀﾜｰ 19F
（株）アルファポリス　書籍感想係

メールフォームでのご意見・ご感想は右のＱＲコードから、
あるいは以下のワードで検索をかけてください。

アルファポリス　書籍の感想　検索

ご感想はこちらから

本書は、「アルファポリス」（https://www.alphapolis.co.jp/）に掲載されていたものを、
改題、改稿、加筆のうえ書籍化したものです。

婚約《こんやく》破《は》棄《き》された不《ふ》遇《ぐう》令嬢《れいじょう》ですが、イケオジ辺境伯《へんきょうはく》と幸《しあわ》せになります！

天田れおぽん（あまだ れおぽん）

2024年 5月 5日初版発行

編集－山田伊亮・大木 瞳
編集長－倉持真理
発行者－梶本雄介
発行所－株式会社アルファポリス
〒150-6019 東京都渋谷区恵比寿4-20-3 恵比寿ｶﾞｰﾃﾞﾝﾌﾟﾚｲｽﾀﾜｰ19F
TEL 03-6277-1601（営業） 03-6277-1602（編集）
URL https://www.alphapolis.co.jp/
発売元－株式会社星雲社（共同出版社・流通責任出版社）
〒112-0005 東京都文京区水道1-3-30
TEL 03-3868-3275
装丁・本文イラスト－月戸
装丁デザイン－AFTERGLOW
（レーベルフォーマットデザイン－ansyyqdesign）
印刷－中央精版印刷株式会社

価格はカバーに表示されてあります。
落丁乱丁の場合はアルファポリスまでご連絡ください。
送料は小社負担でお取り替えします。
©Leopon Amada 2024.Printed in Japan
ISBN978-4-434-33779-6 C0093